무정도

情刀

임영기 新무협 판타지 소설

FANTASTIC ORIENTAL HEROES

무정도 2

임영기 新무협 판타지 소설

초판 1쇄 찍은 날 § 2013년 9월 6일
초판 1쇄 펴낸 날 § 2013년 9월 13일

지은이 § 임영기
펴낸이 § 서경석

편집부장 § 권태완
편집책임 § 박가연

펴낸곳 § 도서출판 청어람
등록번호 § 제1081-1-89호
등록일자 § 1999. 5. 31
어람번호 § 제2-2396호

주소 § 경기도 부천시 원미구 심곡2동 163-2 서경B/D 3F (우) 420-822
전화 § 032-656-4452팩스 § 032-656-4453
http://www.chungeoram.com
E-mail § chungeorambook@daum.net

ISBN 978-89-251-3465-9 04810
ISBN 978-89-251-3463-5 (세트)

무정도 情刀

2

임영기 新무협 판타지 소설

종횡천하(縱橫天下)

FANTASTIC ORIENTAL HEROES

무정도
情刀

目次

책중산악(責重山岳)

—지워진 사명이 산보다 무겁다

쾌도비는 삭월부주를 찾아내서 제압해야겠다고 마음먹었
다.

혈의인은 죽어가면서 무극사 문신이 새겨진 사람을 다 죽
일 셈이냐고 물었다.

그 말은 혈의인 말고도 무극사 문신을 한 사람이 더 있다는
뜻이다.

쾌도비는 그런 말도 안 되는 상황이 발생할 것이라고는 추
호도 예상하지 못했었다.

누나는 흑청사, 즉 무극사 문신을 새긴 자를 찾아서 죽이라

고만 했지 몇 명인지는 말하지 않았었다.

어쩌면 누나는 무극사 문신을 한 자가 한 명일 것이라고만 알았을지도 모른다.

그랬기 때문에 쾌도비도 그렇게 생각했으며 당연히 한 명만 죽이면 끝나는 줄 알았었다.

누나는 그렇게 알았을 가능성이 크다. 그리고 오늘 쾌도비가 죽인 자는 누나가 죽이라고 한 자가 아닌 것이 분명하다. 그 증거로 그자는 누나의 이름조차도 모르고 있었다.

누나가 죽이라고 한 자는 최소한 그녀의 이름은 물론 어떤 관계가 있을 것이라는 게 쾌도비의 생각이다.

누나가 자신하고 아무 연관도 없는 사람을 죽이라고 하지는 않았을 것이다.

그러므로 쾌도비의 사명은 혈의인을 죽였다고 끝난 것이 아니라 이제부터 시작이다.

그러나 예전처럼 아무것도 모르는 상태에서 무작정 천하를 헤매지 않아도 좋다. 최소한 무극사에 대한 실마리를 찾아냈기 때문이다.

삭월부주는 혈의인이 속한 문파에 대해서 알고 있는 것 같았다. 그러므로 지금은 삭월부주를 찾아내는 것이 순서다.

쾌도비가 혈의인과 싸울 때 삭월부주는 근처에 없었던 것이 분명하다.

그 당시에 쾌도비는 근처에 누가 있는 것을 감지하지 못했으며 혈의인 역시 그랬을 것이다. 혈의인의 철수하라는 명령을 삭월부주는 충실하게 따랐다.

그렇지만 그는 오래지 않아서 혈의인이 죽은 것을 발견해낼 테고 자신이 직접 자봉공주를 죽이러 나설 터이다.

그러므로 쾌도비가 혈의인의 시체 근처에 은둔해 있으면 자연히 삭월부주를 만날 수 있을 것이다.

과연 쾌도비의 추측은 틀리지 않았다. 그가 혈의인을 죽이고 나서 이각쯤 후에 삭월부 수하 한 명이 공지에 나타나서 혈의인의 죽음을 확인하더니 크게 놀란 얼굴로 급히 어디론가 달려갔다. 그래서 쾌도비는 멀찌감치 그를 뒤쫓았다.

자봉공주 주소옥은 이 산중에서는 아무리 뛰어봐야 부처님 손바닥에 갇힌 손오공 같은 신세였다.

그녀를 죽이기 위해서 얼마나 많은 사람이 동원됐는지 알게 된다면 그녀는 더 이상 도망치기를 포기하고 자포자기하고 싶을지도 모른다.

하지만 지금 현재 이곳 산중에서 그녀를 추격하고 있는 것은 삭월부뿐이다.

그렇지만 삭월부가 될 수 있는 한 빠른 시간 안에 그녀를 죽이지 못한다면 냄새를 맡은 더 많은 승냥이 무리가 떼 지어서 달려들 것이다.

삭월부주는 무슨 일이 있어도 먼저 나서지 않고 수하들이 일을 다 처리한 다음 맨 마지막에 나서서 달고 맛있는 열매를 따먹는 성격이다.

지금도 그는 뒷전에 팔짱을 끼고 선 채 수하들이 자봉공주 일행을 막바지 궁지에 몰아넣고 있는 광경을 흐뭇한 표정으로 지켜보고 있다.

이곳은 깊은 산중의 계곡이며 계류 가장자리의 자갈밭에서 싸움이 벌어지고 있는 중이다.

새카맣게 포위한 삭월부 수하들에 뒤덮여서 주소옥 등의 모습은 보이지도 않았다.

그것은 마치 함정에 빠져서 꼼짝달싹하지 못하는 짐승의 숨통을 끊지 않은 상태에서 온몸 곳곳을 찌르고 베면서 피투성이로 만드는 듯한 광경이다.

호위대 이조장 당석호는 자갈밭에 주저앉아 있는데 몸에서 피가 흘러 주위를 시뻘겋게 물들였으며 고개를 푹 숙이고 움직이지 않는 것으로 미루어 죽은 것 같았다.

상교 전효대의 모습은 보이지 않았다. 숲 속에서 삭월부에 발각되어 도주하는 과정에 죽었거나 낙오된 것 같았다.

어쨌든 지금은 총교 운능위 혼자서 사력을 다해서 수많은 적과 싸우고 있었다.

운능위 뒤에는 주소옥이 오도카니 서 있었다. 이런 막바지 절박한 상황에 처한 그녀의 얼굴에는 공포와 분노가 뒤섞여 있었다.

그리고 그녀의 서너 걸음 뒤에는 급류가 요란한 소리를 내면서 흐르고 있다.

그러므로 그녀의 뒤쪽에서는 삭월부 수하들이 공격하지 않는다. 지금으로썬 다행이지만 운은 그다지 길지 않을 것 같았다.

운능위는 온몸이 피투성이다. 이십 곳 이상 찔리고 베여서 이미 오래전에 죽어야 했을 몸이다.

그런데도 그가 죽지 못하는 이유는 순전히 주소옥을 보호해야 한다는 충성심 때문이다.

그 충성심이 그에게 초인적인 능력을 발휘하도록 만들고 있는 것이다.

주소옥으로부터 삼십여 장쯤 떨어진 숲 속의 높은 나무 위에 쾌도비가 우뚝 서 있었다.

그러나 그가 보고 있는 것은 주소옥이 아니라 삭월부주의 뒷모습이다.

삭월부주는 주소옥을 겹겹이 포위한 채 맹공격을 퍼붓고

있는 수하들에게서 멀찍이 떨어진 어느 야트막한 바위에 편한 자세로 앉아 있으며 좌우와 뒤쪽에는 세 명의 측근이 호위를 하고 있다.

삭월부주가 보기에 자봉공주의 수급은 길어봐야 반각 안에 수중에 들어올 것 같았다.

그는 자봉공주를 죽이라는 청부의 대가로 은자 오백만 냥을 선불조로 이미 받았으며 일이 끝나면 잔금 오백만 냥을 더 받기로 되어 있다.

잔금까지 받고나면 도합 은자 천만 냥이라는 어마어마한 거금을 챙기게 된다.

그런데 한 가지가 더 있다. 자봉공주의 수급을 갖고 가면 상금으로 은자 오백만 냥을 더 받을 수 있다.

그래서 아까 혈의인이 자기가 직접 자봉공주의 수급을 베겠다고 나섰을 때 삭월부주는 심기가 무척 불편했었다.

삭월부가 자봉공주 등을 궁지로 몰아서 마지막으로 그녀의 목을 베기 직전인데 난데없이 혈의인이 나타나서 훼방을 놓은 것이다. 다 된 밥에 재를 뿌린다고 딱 그 꼴이었다.

그러나 자기가 직접 자봉공주의 목을 벨 테니까 다 물러가라고 큰소리쳤던 혈의인은 어찌 된 영문인지 가슴이 뻥 뚫린 채 처참하게 죽어 있고 자봉공주 일행은 어디론가 도주해 버렸다.

삭월부주 입장에서는 은자 오백만 냥이 사라졌다가 찬란한 무지개처럼 다시 나타나준 상황이다.

혈의인은 한 명이 아니다. 그러니까 다른 혈의인이 나타나서 또다시 자기가 자봉공주의 목을 베겠다고 설치기 전에 한시바삐 그녀의 목을 잘라야만 한다.

그렇게 마음이 급하면서도 삭월부주는 자봉공주를 죽이는 일에 자신이 직접 나서지 않고 있다.

그는 매우 게으를 뿐만 아니라 천성적으로 느긋한 성격이라서 매사에 서두르는 법이 없다.

쾌도비는 삭월부주 뒤로 몰래 접근하여 측근 세 명을 죽이고 삭월부주를 제압할까 생각했다가 그만두었다.

아무 소리도 내지 않고 측근들을 죽이고 또 삭월부주를 제압해서 끌고 사라질 자신이 없다.

만약 그러다가 들키게 되면 주소옥이 아니라 자신이 쫓기는 신세가 되고 말 것이다.

그리되면 죽도 밥도 안 된다. 그보다는 더 안전한 방법을 궁리해야 한다.

주소옥이 죽으면 목을 벤 후에 모두 함께 이곳을 떠날 것이다. 수하들에게 둘러싸인 삭월부주에게 접근하는 것이나 제압하는 것 둘 다 불가능하다.

애당초 주소옥의 생사에는 관심이 없었으며 그것은 지금도 마찬가지다.

'삭월부주와 측근만 남겨놓을 방법이 없을까?'

혈인(血人)으로 변한 운능위는 쓰러지기 직전이다. 상처 입은 맹수처럼 알아들을 수 없는 울부짖음을 터뜨리면서 실성한 것처럼 검을 휘두르고 있다. 그가 죽기 전에 무슨 수를 써야만 한다.

문득 쾌도비는 주소옥 뒤쪽에 급류가 으르렁거리면서 거칠게 흐르는 것을 보고 좋은 생각이 떠올랐다.

똑…….

그는 자신이 서 있는 소나무에서 손가락 길이의 가느다란 솔잎 하나를 꺾어 오른손 중지 위에 얹고 엄지손가락으로 지그시 눌렀다.

"크흑……."

마침내 운능위가 그 자리에 풀썩 주저앉았다. 오른쪽 옆구리에 검이 깊이 꽂히고 방금 한 자루 도가 그의 정강이를 절반이나 뚝 잘랐기 때문이다.

"운 총교!"

주소옥은 찢어지는 비명을 터뜨리며 몸을 날려 운능위를 안으려고 했다.

그때 숲으로부터 한줄기 흐릿한 녹광(綠光)이 번뜩이면서 추호의 음향도 없이 쏘아오더니 주소옥의 오른쪽 가슴에 꽂혔다.

팍!

"악!"

주소옥은 뾰족한 비명을 지르면서 상체가 뒤로 확 젖혀지며 몸이 허공으로 둥실 떠올랐다.

그녀는 급류에 빠져 모습이 보이지 않다가 잠시 후 오류 장 쯤 아래에 떠올라 물살에 휩쓸려 빠르게 멀어져 갔다.

삭월부 수하들은 우르르 계류 가장자리로 몰려들어 우두커니 쳐다보기만 할 뿐 어찌할 바를 모르고 있었다.

"무슨 일이냐?"

"자봉공주가 급류에 뛰어들어 떠내려갔습니다!"

삭월부주가 급히 달려오면서 소리치자 수하 하나가 급류 아래쪽을 가리키면서 대답했다. 그들은 주소옥이 스스로 급류에 뛰어든 것이라고 오해하고 있었다.

평소 느긋한 성격의 삭월부주지만 이 순간만큼은 절대로 느긋하지 못했다.

"이놈들아! 그러면 당장 뒤쫓아 가야지 무얼 하고 있는 것이냐? 내 손에 죽고 싶으냐?"

삭월부 수하들은 계류 가장자리를 따라서 일제히 아래쪽

으로 우르르 달려갔다.

자봉공주를 잃어 은자 오백만 냥을 날릴지도 모르는 다급한 상황이라서 삭월부주는 직접 측근 세 명을 이끌고 계류를 따라 아래로 달려갔다.

그러나 전력을 다해서 달리지 않았다. 어차피 자봉공주를 찾는 것은 수하들이 할 일이기 때문에 그는 나중에 가서 확인만 하면 된다.

자신이 직접 수색에 동참하여 눈을 부라리며 자봉공주를 찾아 나선다고 해도 그다지 도움이 되지 못할 것이라는 생각에서다. 그 대신 달리는 내내 투덜거리기와 욕설을 멈추지 않았다.

"우라질! 공주를 찾지 못하면 다들 초상 치를 줄 알아라! 염병할 놈들! 저런 병신 같은 것들을 데리고 내가 대체 무슨 일을 하겠느냐는 말이다!"

"끅!"

"캑!"

"흐윽!"

그런데 삭월부주의 욕설이 끝나자마자 답답한 신음 소리가 한꺼번에 터졌다.

그리고 급히 멈추면서 뒤돌아보던 삭월부주의 눈이 화등

잔처럼 커졌다.

"으헛!"

뒤따르던 측근호위 세 명이 똑같이 눈을 부릅뜬 채 앞으로 고꾸라지고 있는 것을 발견했기 때문이다.

그리고 그 너머 오 장 거리에서 한 명의 청년이 나는 듯이 달려오고 있는 모습을 발견했다.

삭월부주는 측근호위 세 명이 어째서 고꾸라졌는지는 모르지만 달려오고 있는 청년이 그렇게 만들었을 것이라는 생각이 들어 본능적으로 어깨의 도를 뽑기 위해서 오른손을 번쩍 쳐들었다.

팍!

"윽!"

그 순간 오른팔 팔꿈치가 뜨끔한 것을 느끼고는 그대로 오른팔이 축 처졌다.

도대체 왜 그러는지 급히 살펴보니까 오른팔 팔꿈치에 솔잎 하나가 깊숙이 꽂혀 있었다.

그걸 보는 순간 삭월부주는 온몸에 소름이 돋았다. 쌀알을 던져서 혈도를 제압한다는 미립타혈(米粒打穴), 나뭇잎 혹은 솔잎을 날려서 적을 죽이거나 부상을 입히는 비엽상인(飛葉傷人)의 고명한 수법을 전개할 수 있는 인물은 소림사나 무당파, 화산, 곤륜, 아미파 같은 명문대파에서도 손가락으로 꼽을 정도라고 들었기 때문이다.

크게 당황해서 급히 살펴보니까 엎어져 있는 세 명의 측근 호위가 뒷목에 똑같이 솔잎이 깊숙이 꽂혀 있는 것이 아닌가. 또한 그들은 이미 숨이 끊어졌는지 미동조차 하지 않았다.

"흐으……."

삭월부주의 입에서 신음 소리가 저절로 흘러나왔다. 틀림 없다. 잘못 본 것이 아니다. 세 명의 측근호위와 삭월부주 자 신은 비엽상인 혹은 적엽비화(摘葉飛花)라고 부르는 상승수법 에 당한 것이다.

그가 반쯤 정신이 나간 표정으로 고개를 들었을 때 그의 앞 에는 어느새 한 청년이 우뚝 서 있었다.

상대는 이십 세가 넘어 보이지 않는 앳된 청년이지만 넋이 나간 삭월부주의 눈에는 반로환동(反老還童)한 신선쯤으로 보 였다.

사실 쾌도비로서는 비엽상인이니 적엽비화 같은 수법을 배웠을 리가 없다.

그는 순전히 오른팔에 축적된 공력의 힘으로 솔잎을 날렸 을 뿐이고 예전에도 이따금 요긴하게 사용했었다.

하지만 그렇게 하는 것이 바로 비엽상인 수법이라는 사실 을 그는 모르고 있다.

"으으… 누… 구십니까?"

삭월부주는 비엽상인을 전개하는 반로환동의 상대에게 감히 함부로 하지 못하고 겁에 질린 표정으로 굽실거렸다.

쾌도비는 가타부타 말없이 재빨리 왼손을 뻗어 삭월부주의 마혈을 제압하려고 했다.

슥…….

"헛!"

그런데 뜻밖에도 삭월부주는 재빨리 뒤로 물러나면서 쾌도비의 손을 피해 버렸다.

그가 오른팔에 부상을 당했기 때문에 어렵지 않게 제압할 수 있을 것이라고 여겼던 쾌도비는 한순간 자신의 실수를 깨달았다.

누가 뭐래도 상대는 삭월부주다. 변방의 삼류방파 수장이라고 해도 한 가닥 하는 인물이라는 뜻이다.

냉정하게 따지자면 쾌도비에 비해서 형편없는 수준이 아니라 단지 한 수 아래의 하수다.

언제나 쾌도비의 생각과 결단과 행동은 동일한 순간에 이루어진다.

생각하는 것과 결단을 내리는 것, 그리고 행동이 동시에 이루어진다는 뜻이다.

승—

쾌도비는 급히 뒤로 물러나느라 균형을 잡지 못한 삭월부주에게 빠르게 접근하면서 어깨의 창룡도를 뽑았다.

팍—

아니, 뽑는 것과 동시에 간명하게 내리그어 삭월부주의 오른팔을 어깨 부위에서 뎅겅 잘라 버렸다.

"흐악!"

쾌도비는 그냥 도를 뽑는 경우가 한 번도 없었다. 뽑았다 하면 쾌도식이 저절로 전개된다. 그러므로 삭월부주가 그의 쾌도식을 피할 리가 없다.

"으으……."

졸지에 오른팔이 잘리고 사색이 되어 비틀거리는 삭월부주의 마혈을 제압하는 것은 어렵지 않았다.

주소옥을 찾으러 급류 하류로 달려 내려간 삭월부 수하들이 돌아올지도 모르기 때문에 쾌도비는 팔이 잘리고 마혈이 제압된 삭월부주를 어깨에 메고 숲 속으로 들어가 적당한 장소에 내려놓았다. 이후 피가 흐르는 어깨를 지혈한 후에 심문을 시작했다.

"몇 가지 물어보겠다."

쾌도비는 사실 대로 잘 말하면 살려주겠다는 식의 허튼 약속은 하지 않았다.

심문 후에는 비밀을 지키기 위해서 삭월부주를 죽일 생각인데 거짓말은 하고 싶지 않았다.

삭월부주는 원래 교활한 인물로 꼼수와 잔머리를 잘 굴리지만 지금은 너무 갑작스럽게 당한 터라서 제정신이 아닌 상황이다.

슥―

"이게 뭐냐?"

쾌도비는 품속에서 하나의 패를 꺼내서 삭월부주의 얼굴 앞에 바짝 들이밀었다.

그것은 그가 혈의인을 죽인 후에 그의 품속을 뒤져서 찾아낸 물건이다.

아까 혈의인이 패를 내보이자 삭월부주가 공손했었던 것을 쾌도비는 기억하고 있었다.

"그건……."

삭월부주가 패를 보고 나서 눈동자를 굴려 말끝을 흐리는 것을 본 쾌도비는 그가 잔머리를 굴릴 것이라는 생각에 즉시 창룡도를 뽑으려고 왼손을 치켜들었다.

순간 삭월부주는 안색이 급변하여 다급하게 외쳤다.

"무극사신패(無極蛇神牌)입니다!"

삭월부주는 비록 짧은 시간이지만 쾌도비의 성격 한 가지를 정확하게 파악했다.

말보다는 행동이 앞서는 성격이라는 사실이다. 그렇다고

해서 급한 성격은 절대 아니다.

급한 성격은 말이 많으며 앞뒤 가리지 않고 화를 잘 낸다. 그런 점에서 쾌도비는 오히려 그 반대로 냉철하기 짝이 없는 성격이다.

그러면서도 행동이 앞선다는 것은 생각과 결단이 동시에 이루어지고 또 그만큼 경험이 풍부하다는 뜻이다.

만약 삭월부주가 대답을 조금만 늦게 했더라면 쾌도비는 가차 없이 그의 왼팔마저 잘랐을 것이다.

쾌도비는 삭월부주 같은 부류의 인간뿐만 아니라 그보다 더한 인간도 수없이 겪어봤기 때문에 어떻게 다루어야 하는지 잘 알고 있다.

"자세히 설명해라."

쾌도비의 말이 떨어지기 무섭게 삭월부주는 마치 오랜 세월 동안 훈련받은 것처럼 즉각 대답했다.

"무극사신패는 팔신궁(八神宮)의 신패입니다."

"팔신궁······."

쾌도비가 움찔하자 삭월부주가 조심스럽게 물었다.

"팔신궁을 모르십니까?"

"안다."

평생토록 천하를 유랑하면서 돌아다녔던 쾌도비가 팔신궁을 모를 리가 없다.

천하 어느 곳을 가든지 그가 가장 많이 들었던 말이 사신육비(四神六秘)일 것이다.

그 말은 네 개의 신(神)과 여섯 개의 비(秘), 즉 비밀스러운 존재를 가리킨다.

그가 알고 있기로는 '사신'은 네 개의 문파 혹은 방파이며, '육비'는 사람이다.

그래서 그들을 통칭하여 '십신비(十神秘)' 혹은 '강호십신비(江湖十神秘)라고 부른다.

방금 삭월부주가 말한 팔신궁은 십신비 증 사신의 하나에 속한다.

그러니 쾌도비가 모를 리가 없다. 하지만 팔신궁이라는 신비한 방파가 있다는 소문만 들었을 뿐이지 그것에 대해서는 아무것도 모르고 있다.

팔신궁에 대해서 알아야 할 필요가 없었을뿐더러 팔신궁이 워낙 신비한 방파라서 강호에 전혀 알려진 바가 없기 때문이다.

그런데 지금 쾌도비가 손에 쥐고 있는 패의 이름이 무극사신패이며 그것이 팔신궁의 물건이라는 것이다.

배짱이 두둑하고 도무지 겁이 없는 쾌도비지만 이 순간만큼은 쇠망치로 뒤통수를 호되게 얻어맞은 것처럼 멍한 기분이 들었다.

어제까지만 해도 그는 흑청사 문신을 찾아다녔었는데, 이제부터 그가 상대해야 할 적이 졸지에 팔신궁이 돼버렸다는 뜻이기 때문이다.

그래서 이 일이 어쩌면 뭔가 잘못됐을지도 모른다는 생각이 들었다.

누나가 팔신궁을 알고 있을 리가 없으며, 자신이 죽여야 할 상대가 팔신궁의 인물일 리가 없기 때문이다.

게다가 그는 이미 팔신궁의 인물인 혈의인을 죽였다. 그 사실이 드러나면 그는 살아 있어도 산목숨이 아니다.

삭월부주는 무극사신패가 팔신궁의 신패라는 말을 듣고 나서 쾌도비의 표정이 몹시 굳은 것을 보고 겁을 먹은 것이라고 지레짐작을 했다.

또한 쾌도비가 무극사신패를 지니고 있는 것으로 미루어 그가 혈의인을 죽인 것이 분명하다고 판단했다. 그래서 삭월부주는 그 점을 최대한 이용하여 이 위기에서 벗어나야겠다고 부지런히 잔머리를 굴렸다.

열 호흡 이상 침묵을 지키고 있던 쾌도비는 이윽고 정신을 수습했다.

지금 이러고 있는 것은 그다운 모습이 아니다. 상대가 팔신궁이면 어떻고 십신비 전체면 어떻다는 말인가. 누나가 그들 모두를 죽이라는 유언을 남겼으면 그는 기꺼이 목숨을 바쳐서라도 그렇게 해야만 할 것이다.

"팔신궁에서 무극사 문신을 한 자들에 대해서 말해라."

더욱 싸늘해진 목소리로 말하는 쾌도비의 명령에 삭월부주는 당황했다. 거기에 대해서 아는 것이 없기 때문이다.

"무극사 문신이 뭡니까?"

슉—

쾌도비가 어깨의 창룡도 도파로 왼손을 가져가자 삭월부주는 자지러졌다.

"저, 정말 모릅니다! 저는 팔신궁에 대해서 아는 것이 별로 없습니다!"

쾌도비는 손을 내리고 질문을 바꿨다.

"그럼 아는 대로 말해봐라."

"팔… 신궁은 여덟 신의 방파입니다. 아… 아니, 여덟 종류의 신이 있습니다."

삭월부주는 정말 아는 것이 그리 많지 않았다. 하지만 그가 알고 있는 몇 가지는 쾌도비에게 매우 도움이 되었다.

팔신궁의 팔신은 맨 꼭대기부터 천(天), 용(龍), 봉(鳳), 호(虎), 웅(熊), 표(豹), 붕(鵬), 사(蛇)의 여덟 종류다.

팔신궁은 한 명의 천을 중심으로 그 아래 네 명의 용과 여덟 명의 봉, 십육 명의 호, 삼십이 명의 웅, 육십사 명의 표, 백이십팔 명의 붕, 이백오십사 명의 사, 도합 오백칠 명으로 구성되어 있다.

쾌도비가 죽인 혈의인은 팔신의 맨 아래인 사에 속하며 무극사신패를 신패로 지니고 다니는데, 그들을 '무극사신' 이라고 부른다.

이번 남령부의 자봉공주를 암살하는 일은 무극사신이 총지휘를 하고 있으며 몇 명이 이 일에 투입됐는지는 삭월부주도 모른다.

다만 자봉공주의 수급을 취한 자가 악양(岳陽)의 호천루(昊天樓)라는 기루로 찾아가면 무극사신을 만날 수 있고, 그에게 수급을 건네주면 은자 오백만 냥과 이번 일의 청부금액 중에서 잔금 오백만 냥, 도합 천만 냥을 받는다고 했다.

그 외에 삭월부주는 이번 자봉공주 암살에 어디어디의 몇 개 방파가 가담했는지 따위에 대해서 말했으나 쾌도비는 관심이 없었다.

쾌도비는 더 이상 들을 것이 없다는 판단이 서자 단칼에 삭월부주의 정수리를 쪼개서 죽이고 시체를 잘 감춘 후에 다시 계류로 나섰다.

그가 다시 나온 곳은 조금 전에 삭월부주의 측근호위 세 명을 죽인 장소가 아니다.

팔신궁과 악양 호천루라는 곳에 있다는 무극사신에 대해

서 곰곰이 생각하면서 걷다가 다른 곳, 즉 처음에 주소옥이 급류에 빠졌던 곳으로 나온 것이다.

그곳 계류 가장자리에는 십여 구의 삭월브 수하 시체가 어지럽게 쓰러져 있었다.

그런데 쾌도비는 그 시체들 너머 계류 쪽에 가깝게 있는 두 구의 시체에 시선이 갔다.

주저앉아 있는 사람은 호위대 이조장 당석호이고 그 옆에 앞으로 엎어진 사람은 총교 운능위였다.

쾌도비는 두 사람을 잠시 응시하다가 시선을 거두고 하류 쪽으로 걸음을 옮겼다.

"으으… 쾌… 도비……."

채 두 걸음을 떼어놓기도 전에 신음 소리가 들렸다. 쾌도비는 그쪽을 돌아보지 않고서도 그것이 운능위의 목소리라는 것을 간파했다.

그가 쳐다보자 죽은 줄 알았던 운능위가 엎어진 자세에서 간신히 고개를 들고 그를 쳐다보고 있었다.

머리끝에서 발끝까지 피를 뒤집어쓴 그는 눈만 겨우 반쯤 뜨고 있었다.

"쾌… 도… 비……."

마지막 숨을 몰아쉬면서 들릴 듯 말 듯 중얼거리는 운능위는 쾌도비가 주소옥을 구하는 일 따위에는 관심이 없다는 사실을 모르고 있다.

운능위는 마별하 신등축제에서의 최초의 습격을 쾌도비가 알아냈으며 또한 그가 대단한 활약을 펼친 덕분에 주소옥이 살았다는 것과, 아까 숲 속에서 쾌도비가 혈의인과 싸우면서 또 한 번 자신들을 살렸다는 사실만 기억하고 있다. 그래서 쾌도비가 신의와 의리가 충만한 사람이라서 주소옥을 계속 보호해 줄 것이라고 믿었다.

"이… 리… 오게……. 해줄 말이… 있네……."

운능위는 우두커니 서서 지켜보고만 있는 쾌도비를 원망하지 않았다.

주소옥이 화를 내면서 내쫓은 것에 대해서 그가 아직도 그녀를 원망하고 있다고 생각하기 때문이다.

운능위는 두 손으로 땅을 짚고 안간힘을 써서 온몸을 덜덜 떨면서 일어나 앉았다.

죽었어도 이미 여러 번은 죽었을 몸으로 그 간단한 동작을 하는 것이 얼마나 처절한지 쾌도비는 잘 알고 있으면서도 물끄러미 지켜보기만 했다.

"으으… 공주님께서… 자넬 만나면… 창룡도를 주라고… 내게 맡기셨네……."

쾌도비는 힐끗 자신의 왼쪽 어깨에 메고 있는 창룡도를 쳐다보았다.

아까 혈의인, 즉 무극사신하고 싸우다가 도가 브러져서 엉겁결에 받았던 창룡도인데 또다시 부채를 메고 있는 격이 돼 버렸다.

무극사신과 싸우는 다급한 상황만 아니었다면 창룡도가 아니라 그보다 더 귀한 물건이라고 해도 무턱대고 받지는 않았을 것이다.

그렇다고 죽어가는 운능위에게 창룡도를 돌려줄 수는 없는 노릇이다.

쾌도비는 당장 급한 일도 없기 때문에 일단 운능위에게 가 보기로 했다.

운능위는 쾌도비가 앞에 우뚝 멈춰 서는 것을 보고는 안도하는 표정으로 눈을 감았다.

쾌도비에게 마지막 말을 하기 위해서 눈을 뜨고 있을 기력조차도 아끼려는 의도다.

"공주님께선 반드시 낙양에 가셔야 하네."

그는 죽어가는 사람이라고는 믿어지지 않을 정도로 갑자기 차분하게 말했다. 그로서는 최후의 기력을 쏟아내는 것이 분명했다.

"남령부 전체의 존폐가 걸려 있는 일일세."

쾌도비는 아무 말도 하지 않으면서 다른 생각을 했다. 이제부터 어떻게 해야 할 것인가 하는 생각이다.

"쾌도비, 부디 공주님을 낙양까지 모셔주게. 그렇게만 해 준다면 나로선 보답할 길이 없으니 죽어서 귀신이 되어 자넬 보살펴 주겠네."

귀신이 돼서 보살펴 준다는 절곡한 말에 쾌도비는 그를 쳐다보았다.

피로 범벅된 그의 뺨에 두 줄기 흰 선이 그어졌다. 눈을 감은 채 눈물을 흘리고 있는 것이다.

얼마나 충정이 깊으면 죽어가면서도 주소옥을 호위해 달라고 애원하면서 눈물을 흘리겠는가.

하지만 그는 모르고 있다. 쾌도비가 얼마나 피도 눈물도 없이 냉철한 사내인지를.

"공주님이 가셔야 할 곳은……."

운능위는 최후의 한 움큼의 기력을 짜내고 있었다.

"천절문(天絶門)일세……."

운능위가 하는 말에 전혀 관심이 없던 쾌도비는 그의 마지막 말에 가볍게 움찔했다.

천절문은 강호십신비 중 사신의 하나이기 때문이다.

第十二章

낙화난상지 (落花難上枝)

—한 번 진 꽃은 다시는 가지로 돌아가지 못한다

쾌도비는 악양으로 곧장 향하기로 마음먹었다.

무극사신이 악양 호천루에 있다는 사실을 안 이상 시간을 허비할 필요가 없기 때문이다.

원래 귀주성의 성도인 귀양성을 거쳐서 갈 계획이었으나 흑청사 문신에 대해서 알아냈으니까 그럴 필요가 없다.

우거진 숲을 뚫으면서 북상하던 그는 두 시진 만에 관도의 절반 폭인 오솔길로 나설 수 있었고 그 길을 따라서 동북쪽으로 달렸다.

청진현을 출발하기 전에 객잔에서 물어본 바에 의하면 오솔길은 개양현(開陽縣)으로 이어져 있을 것이다. 개양현은 귀양성 북쪽 백여 리에 있다.

운남성보다는 덜하지만 귀주성도 전체가 평균 천오백 척 이상의 험준한 산악지대라서 십 리 이상 평탄하게 이어지는 길이 없을 정도다.

어두워지기 전에 인가라도 발견하면 하룻밤 신세를 질 수 있겠는데 이런 깊은 산중에 인가가 있을 리 없다.

하긴 쾌도비에게 있어서 인가에서 쉬는 것이나 노숙은 별반 다르지 않다.

다만 마른 요깃거리를 준비하지 않아서 오늘 아침 식사를 한 이후에 점심과 저녁을 내리 굶었기 때문에 무척 허기가 지는 것이 불편하다면 불편한 점이다.

다른 계절이라면 산중에서 먹을 것을 구하는 것은 어렵지 않은 일이나 겨울에는 모든 것이 귀하다.

그는 심할 경우에 열흘까지도 굶어본 적이 있어서 굶는 것에는 이력이 났지만 지금은 될 수 있는 대로 굶지 않으려고 노력하는 편이다.

먹을 수 있을 때 무조건 많이 먹어둬야 한다는 것이 그의 평소 지론이다.

당연한 거지만 배가 고프면 힘이 나지 않고 만약 그때 싸움이 벌어진다면 좋지 않은 영향을 미칠 것이기 때문이다.

쾌도비는 귀를 기울이면서 주위를 둘러보다가 물이 흐르는 소리를 감지하고 즉시 그곳으로 향했다.

그의 귀는 정확했다. 멀지 않은 곳에 계류가 흐르고 있는데 작은 강이라고 할 수 있을 정도였으며 수심은 그리 깊지 않았지만 폭이 꽤 넓었다.

이미 해가 져서 사위가 캄캄하지만 걱정할 필요 없다. 또한 특별한 도구가 없어도 물고기 몇 마리쯤 맨손으로 잡는 것은 어렵지 않은 일이다.

바지를 둥둥 걷고 무릎까지 차는 물로 뛰어든 그는 바위 밑을 잠시 더듬거리는가 싶더니 오래지 않아서 손바닥 크기의 물고기 한 마리를 잡아서 땅으로 던지고 이번에는 다른 바위 밑을 뒤졌다. 물고기들은 바위 밑에 잘 숨으며 밤에는 더욱 그렇다.

잠깐 사이에 물고기 세 마리를 잡고 두어 마리 더 잡을까 하고 옆의 알록달록한 무늬의 바위로 첨벙거리며 다가가 밑으로 두 손을 집어넣고 더듬었다.

"……."

그런데 뭔가 이상했다. 바위라면 분명 단단할 텐데 지금 만지고 있는 것은 부드럽고 물컹거렸다.

그는 급히 상체를 들고 바위를 다시 한 번 쳐다보다가 움찔 가볍게 표정이 변했다.

그것은 바위가 아니라 사람이 엎어져 있는 것이었다. 그리고 알록달록했던 것은 그 사람이 입고 있는 옷이었다. 이런 곳에, 더구나 물속에 사람이 있을 것이라고는 생각조차 하지 않았었기에 경험이 많은 그조차도 잠시 방심했었다.

더 중요한 사실은, 형편없이 갈가리 찢어발겨진 알록달록한 비단옷을 보는 순간 물속에 엎어져 있는 사람이 누군지 즉시 알아차렸다는 것이다.

근래에 그가 만난 사람 중에서 이런 색상의 비단옷을 입고 있었던 사람은 한 명뿐이었다.

바로 주소옥이다. 쾌도비가 물고기를 잡으려고 뛰어든 얕은 계류에 그녀가 엎어져 있었던 것이다.

그녀는 얼굴을 물속에 담근 상태인 것으로 미루어 이미 죽은 듯했다.

아까 급류에서 쾌도비는 삭월부주를 제압하기 위해 주소옥에게 솔잎을 날려서 급류에 빠져 떠내려가게 했었다.

그 당시에는 그대로 놔두었어도 곧 죽게 될 그녀였지만 엄밀히 따진다면 쾌도비가 그녀를 죽였다고 할 수 있다. 전자는 죽게 될 가능성이 있다는 것이지만, 후자는 직접 손을 써서 죽게 만들었다는 차이가 있기 때문이다.

하지만 그는 일말의 작은 죄책감조차도 느끼지 못했다. 어차피 죽을 그녀였고, 그는 목적을 위해서는 수단과 방법을 가리지 않는다는 철칙을 갖고 있다.

하지만 이런 상황에서는 시신을 물속에 그냥 놔두는 것은 옳지 않다는 생각이 들었다.

그래도 잠시나마 몸을 의탁했던 사람이니 이 정도 예의는 차려주어도 될 것 같았다.

촤아아…….

그는 시체를 뒤집어서 얼굴을 위로 가게 한 다음에 물에서 건져 두 팔로 안아 올렸다.

물에 흠뻑 젖은 채 얼음장처럼 찬 몸으로 두 눈을 꼭 감고 있는 창백한 얼굴은 주소옥이 틀림없었다.

그녀를 안고 뭍으로 향하다가 전혀 뜻밖에도 누나가 생전에 가끔 해주던 말이 생각났다. 불가(佛家)에서 말하기를, 전생에 삼천 번의 인연이 있어야지만 이승에서 옷자락이 한 번 스치게 된다고 했었다.

그렇게 생각한다면, 쾌도비와 주소옥은 옷자락만 스친 것이 아니므로 과연 전생에 얼마나 많은 인연이었겠는가.

그런 것을 믿지는 않지만 어쨌거나 죽은 시신이나마 묻어주자는 생각에서 그녀를 물에서 건진 것이다.

그는 계류 가장자리 누런 풀밭에 그녀를 조심스레 반듯하게 눕히고 비로소 그녀를 물끄러미 들여다보았다.

그러다가 문득 그가 느낀 것은 주소옥이 매우 아름답다는 사실이다. 그는 지금에야 그것을 느꼈으나 그녀는 원래부터 아름다웠었다.

그녀가 살아 있을 때에는 한 번도 느끼지 못했었는데 죽은 시신을 보고서야 그녀가 아름답다는 것을 깨달았다.

하지만 그것뿐이다. 꽃이 예쁘고 하늘이 푸르며 나무가 크고 탐스럽다는 식의 당연한 기정사실을 느끼고 그것으로 끝나는 것뿐이지 그로 인해서 어떤 사사로운 감정으로 연결되는 것은 아니다. 주소옥이 아름다운 것과 쾌도비하고는 아무런 상관이 없다.

그런데 주소옥이 입고 있는 알록달록한 오색의 비단옷은 너무 심하게 갈가리 찢어진 상태였다.

원래 급류에 빠지기 전에도 옷이 많이 찢어졌었는데, 급류에 떠내려오면서 바위 같은 것들에 부딪쳐서 더 심하게 찢어진 듯했다.

그래서 그녀는 옷을 절반만 입고 있는 반라(半裸)의 모습을 하고 있었다.

눈처럼 희고 뽀얀 오른쪽 어깨와 봉긋하고 탐스러운 오른쪽 젖가슴이 고스란히 드러났으며, 복부에서 무릎까지 반월 모양으로 길게 맨살과 속곳이 드러난 상태였다.

그리고 왼쪽 목과 왼쪽 가슴, 오른쪽 옆구리, 허벅지, 무릎,

종아리의 옷이 길게 혹은 작게 찢어졌으며 그 틈새로 크고 작은 상처들이 보였다.

운능위와 전효대, 당석호 등이 목숨을 걸고 치열하게 그녀를 호위했으나 이따금씩 적들의 도검에 찔리고 베인 상처이며, 급류에 떠내려오면서 부딪친 상처일 것이다.

도검에 찔리고 베일 때도 그녀는 움찔 작게 몸을 떨었을 뿐 절대로 호들갑을 떨지 않았었다. 운능위 등을 당황하게 만들 수 있으며, 어렸을 때부터 정숙하고 차분하도록 교육을 받은 탓이다.

일단 그녀의 몸 앞면이 그렇고 몸 뒤에는 어떤 상처들을 더 입었는지는 알 수가 없다.

그렇게 상처 입은 모습인데도 차라리 나신보다도 훨씬 뇌쇄적이었다.

죽은 모습이 이런데 만약 이 빙기옥골(氷肌玉骨)이 살아서 움직인다면 가히 상상불허하지 않겠는가.

문득 쾌도비의 시선이 그녀의 오른쪽 젖가슴에 멈추었다. 그곳 아주 조그맣고 연분홍으로 물든 젖꼭지에 가느다란 무언가가 손가락 한 마디 정도 튀어나와 있었다.

솔잎이다. 아까 쾌도비가 던진 솔잎이 주소옥의 가슴 부위에 꽂히는 것을 얼핏 보긴 했었는데 이제 보니까 하필이면 젖꼭지에 꽂혀 있다.

쾌도비는 지금까지 열 번 정도 돈을 주고 노류장화(路柳墻花)들을 사서 정사를 하여 욕정을 풀었었다. 그는 승려나 도사가 아니다. 그도 사람이고 피가 펄펄 끓는 청춘이기에 어쩔 수 없는 일이다.

그가 상대했던 여자들은 하나같이 닳고 닳아서 제대로 된 몸뚱이를 갖고 있지 않았었다.

젖꼭지는 숱한 사내에게 빨려서 거무튀튀한데다 엄지손톱만큼 큰 여자도 있었다.

그래서 쾌도비는 여자들의 젖꼭지가 모두 그렇게 생긴 줄 알고 있었다.

그런 탓에 쾌도비는 주소옥처럼 이렇게 작고 어여쁜 젖꼭지를 처음 보았다.

슥…….

그는 손을 뻗어 젖꼭지에 꽂힌 솔잎을 뽑았다. 그런데 예상밖으로 꽤 깊이 꽂혀 있었다. 피가 묻어서 빠져나온 부위를 보니까 일 촌(寸)하고도 오 푼(分)은 되는 것 같았다.

"하아아……."

그런데 그때 주소옥이 갑자기 긴 한숨을 토해냈다. 젖꼭지, 즉 유두에 꽂힌 솔잎을 뽑자마자 일어난 반응이다.

쾌도비는 움찔 놀랐다. 죽었던 시체가 숨을 쉬니까 놀랄 수밖에 없다.

경험이 풍부한 그로서도 이런 경우는 처음이라 순간적으로 어떻게 할지 몰라서 그냥 지켜보기만 했다.

몇 차례 숨을 가쁘게 몰아쉬던 주소옥이 이윽고 거짓말처럼 사르르 눈을 떴다.

그녀는 눈을 깜빡거리면서 한동안 허공만 말끄러미 응시했다. 이어서 고개를 돌려 주위를 둘러보다가 옆에 책상다리를 하고 앉은 쾌도비를 발견하고 깜짝 놀랐다.

"아……."

이런 상황에서 보통 사람들이라면 소스라치게 놀랄 텐데도 그녀는 단지 눈을 조금 크게 뜨고 나직한 탄성을 흘렸을 뿐이다.

아무리 큰일이 닥쳐도 호들갑스럽지 않은 몸에 밴 황족의 위엄과 수양 덕분이다.

쾌도비는 그녀를 묵묵히 응시할 뿐 아무 말도 아무 행동도 취하지 않았다.

그는 마음속으로 대체 어떻게 해서 죽었던 그녀가 되살아났는지에 대해서 생각하고 있었다. 하지만 아무리 생각해도 이유를 알 길이 없었다.

그러나 의술이나 침술(鍼術), 자세한 혈도술(穴道術)에 대해서 문외한인 그로서는 죽을 때까지 생각해 봐야 이유를 알아내지 못할 것이다.

결론적으로 말하자면 실로 우연치 않게도 주소옥에게 사명대법(死命大法)이라는 수법이 전개됐었던 것이다.

일정한 시간 동안 숨을 쉬지 않고 버티는 것이 귀식대법(龜息大法)이라면, 그보다 한 단계 차원이 높은 수법이 곧 사명대법이다.

단지 숨만 쉬지 않는 귀식대법에 비해서 사명대법은 호흡 정지는 물론이고 체내의 모든 장기가 일체의 활동을 멈추는, 곧 가사(假死)상태에 빠지는 수법이다.

그렇지만 사명대법은 의술이 신에 경지에 이른 사람만이 전개할 수가 있다.

인체에는 사람을 가사상태에 빠지게 하는 사명혈(死命穴)이라고 불리는 혈도가 꼭 한 군데 있는데, 그게 사람마다 제각기 다르다.

뿐만 아니라 그 혈도를 반드시 침으로 찔러야 하는데 그 역시 사람마다 깊이를 달리 해서 찔러야지만 사명대법에 들 수가 있다.

그런데 실로 우연치 않게도 주소옥의 사명혈은 오른쪽 유두, 즉 유중혈(乳中穴)이었으며 그것도 일 촌 오 푼의 깊이로 찔러야 사명대법, 즉 가사상태에 빠질 수 있다.

그런 것을 쾌도비가 알 턱이 없다. 그는 단지 솔잎으로 주소옥을 맞춰서 급류에 빠뜨리려고 했을 뿐인데 솔잎이 그녀의 사명혈인 유중혈에, 그것도 정확히 일 촌 오 푼의 깊이로 꽂혔던 것이다.

그러니까 그녀는 솔잎이 유중혈에 꽂힌 순간부터 가사상태에 빠져 있다가 쾌도비가 솔잎을 뽑으니까 비로소 사명대법이 풀려 원상태로 돌아온 것이다.

쾌도비는 아직도 손에 쥐고 있는 솔잎을 들어 올려 물끄러미 굽어보았다.

몸 밖에 나와 있었던 솔잎의 부위와 몸속에 꽂혀 있었던 부위가 육안으로 보기에도 달랐다.

'이것 때문인가?

그래서 그는 솔잎이 주소옥의 젖꼭지에 꽂혀서 죽어 있다가 솔잎을 뽑으니까 다시 살아난 것이 아닌가 하고 막연하게나마 생각해 보았다. 지금으로썬 그것밖에는 의심할 것이 없기 때문이다.

"아……."

고통스러운 신음 소리를 듣고 쾌도비가 쳐다보니까 주소옥은 상체를 일으키려고 하다가 온몸을 파들파들 떨면서 안색이 더욱 창백해졌다.

그러나 쾌도비는 미간을 좁힌 채 그녀를 물끄러미 지켜보기만 할 뿐 도와주지 않았다.

그녀에 대한 좋지 않은 감정 때문에 선뜻 도와주고 싶은 마음이 생기지 않았다.

털썩…….

주소옥은 안간힘을 쓰다가 안 되니까 다시 누워버리고는 가쁜 숨을 몰아쉬었다.

"하아… 하아아……."

사명대법이 전개된 상태였어도 워낙 오랜 시간 동안 급류에 떠내려오면서 여기저기 부딪쳤으며, 더구나 도주를 하며 몇 번이나 적들과 싸우는 동안 여러 군데 상처를 입었던 터라서 그녀는 완전히 탈진해 있었다.

그래서 자신이 현재 어떤 모습으로 있는지 신경 쓸 겨를조차도 없었다.

"일어나겠소?"

지켜보던 쾌도비가 손을 뻗어 어깨를 잡자 그녀는 갑자기 날카롭게 외쳤다.

"내 몸에 손대지 마라!"

쾌도비는 동작을 뚝 멈췄다가 천천히 손을 거두었다. 그가 보기에 주소옥은 도와줄 가치가 없는 사람이다.

쾌도비는 꼿꼿하게 앉아서 침묵을 지켰다. 그런데 주소옥이 갑자기 온몸을 떨기 시작했다.

"ㅇㅇㅇ……."

아무리 남쪽지방이라고 해도 한겨울에 그처럼 오랫동안

급류에 떠내려오고 또 물속에 잠겨 있었으니까 뼛속까지 한기가 스며들었을 것이다.

그녀는 온몸을 사시나무 떨듯이 떨면서 이빨이 저절로 마주쳐서 딱딱딱 소리가 주위의 허공을 울렸다. 그대로 놔둔다면 오래 버티지 못하고 얼어 죽을 것이다.

쾌도비는 말없이 일어나 주위에서 마른 나뭇가지를 모아서 주소옥이 누워 있는 옆 가까이에 모닥불을 피우고 조금 전에 잡아둔 물고기들을 굽기 시작했다.

어차피 물고기를 굽기 위해서 불을 피울 작정이었기에 이왕이면 그녀 가까이에 불을 피워 언 몸을 녹여줘야겠다고 생각한 것이다.

쾌도비는 물고기 세 마리를 구워서 두 마리를 먹은 후에 잘 익은 한 마리를 쥐고 주소옥을 쳐다보았다.

"먹어보겠소?"

그러나 주소옥은 똑바로 누워서 허공만 바라보고 있을 뿐 그에게 시선조차 주지 않았다.

쾌도비가 바로 옆에 불을 피워줘서 추위가 완전히 가신 그녀는 사실 지독한 허기를 느끼고 있었다.

마지막으로 입에 무언가를 넣은 것이 언제인지도 기억이 나지 않을 만큼 까마득했으나 쾌도비가 내미는 물고기를 받고 싶지는 않았다.

그녀가 그러는 것은 어떤 깊은 의미가 있기 때문이 아니라 순전히 심통이 났기 때문이다.

그녀가 처음에 몹시 힘겹게 몸을 일으키려고 했을 때 쾌도비가 빤히 쳐다보기만 하고 돕지 않고 있다가, 나중에 그녀가 기진맥진해서 다시 드러누웠을 때에야 손을 뻗어 일으켜 주겠다고 해서 기분이 몹시 상한 것이다.

그런 성격을 지녔다고 그녀를 탓할 수만은 없다. 태어나면서부터 손가락 하나 까딱하지 않고 모든 것을 시녀나 주위사람들의 보살핌만 받아왔던 그녀는 지금까지 힘들다는 것이 무언지 모르고 살아왔었다.

힘들기 전에 언제나 누군가 도움의 손길을 뻗었기 때문이다. 그리고 그것을 지극히 당연하게 여겼다.

그런데 쾌도비는 그녀가 고통스럽고도 힘들게 일어나려 하는 데도 쳐다보기만 했다. 그녀가 혼자 일어날 수 있을 것이라고 생각해서 가만히 있었던 것이다.

그렇지만 그의 행동은 그녀로서는 쉽게 용서할 수 없는 무엄함이다. 쾌도비가 무릎을 꿇고 용서를 빌어야지만 속이 풀릴 것이다.

쾌도비는 그녀가 먹지 않겠다고 외면한 마지막 물고기 한 마리까지 다 먹어치웠다. 물론 먹어보라고 두 번 다시 권하지 않았다.

　그것 때문에 주소옥은 더욱 화가 나서 아여 눈을 감아버렸다. 어쩌면 한 번 더 먹으라고 권했으면 못 이기는 체 먹었을지도 모른다.

　주소옥은 반각쯤 후에 쾌도비가 무얼 하고 있는지 궁금해서 눈을 뜨고 고개를 돌려 그가 있는 곳을 바라보았다.

　"……!"

　그런데 그곳에 당연히 앉아 있을 것이라고 여겼던 그의 모습이 보이지 않자 가슴이 덜컥 내려앉았다.

　그가 가버릴 것이라고는 추호도 생각하지 않았었다. 어떻게 쾌도비 같은 천한 인간이 공주를, 그것도 상처를 입고 도움의 손길이 절실하게 필요로 하는 그녀를 놔두고 떠나 버릴 것이라는 생각을 할 수 있었겠는가.

　그녀에게 있어서 세상의 인간이란 두 종류만이 존재한다. 주인과 종이다.

　그리고 지금은 그녀가 주인이고 쾌도비는 종이다. 누가 주종관계를 이어준 것이 아니라 원래 태어날 때부터 그렇게 정해졌다고 믿는 것이다.

　그런데 감히 종이 주인을 버리고 가버린 것이다. 종은 주인이 가라고 명령해야지만 갈 수가 있다. 그러므로 이것은 있을 수도 믿어지지도 않는 일이다.

그녀는 혹시 쾌도비가 주변에 잠시 볼일이라도 보러 갔을지 모른다고 자신을 위로하면서 참을성 있게 기다렸다.

그러나 꽤 오랜 시간이 지났는데도 그는 돌아오지 않았다. 그는 떠난 것이 분명했다.

주소옥은 분노를 느끼고 입술을 꼭 깨물었다.

"감히……."

그러나 분노는 현실의 냉엄함에 밀려서 빠르게 사라지고 대신 두려움과 절망이 엄습하기 시작했다.

주소옥을 떠난 쾌도비는 다시 오솔길로 올라와서 갈 길을 가고 있는 중이다.

이 근처에서 노숙을 하려던 생각은 접어버리고 그냥 밤새도록 걸어갈 생각이다.

누굴 추격하는 것도, 쫓기는 것도 아니므로 그저 천천히 캄캄한 어둠속을 걸었다.

아까 주소옥을 물에서 건진 후에 그녀가 다시 소생했을 때에는 조금 도와줄 마음이 생겼었다.

어쨌든 그녀는 쫓기고 있는 상황이고 믿을 사람은 아무도 없는 상황이니까 일단 안전한 곳까지 데리고 가서 믿을 수 있는 사람들에게 그녀를 곤명으로 호위해 주라고 부탁할 생각이었다.

그런데 그녀가 자신의 처지도 모른 채 되지도 않는 까탈을 부리자 진저리가 나서 그러려고 했던 마음이 순식간에 사라져 버렸다.

일어나려고 하는 것 같아서 일으켜 주려고 하는데 자기 몸에 손대지 말라고 악을 쓰지 않나, 기껏 잘 구운 물고기를 주는데도 거들떠보지도 않았다.

그래서 쾌도비는 그녀가 자신의 일에 관심을 갖지 말라는 것으로 받아들였다.

그리고 그녀가 원하는 대로 기꺼이 떠나준 것이다. 혼자 남은 그녀가 어떻게 할는지는 눈곱만큼도 관심이 없고 걱정조차 되지 않는다.

그녀는 그녀의 길을 가고, 쾌도비도 자신의 길을 갈 뿐이다. 그가 알고 있는 인생이 원래 그랬다.

그곳에 혼자 남겨진 그녀는 필경 숲을 벗어나지 못하고 갈팡질팡하다가 제 스스로 죽거나 아니면 추격자들에게 붙잡혀서 목이 잘릴 것이다. 그렇게 되는 것이 그녀의 운명이라면 어쩔 수 없는 일이다.

그때 그는 뚝 걸음을 멈추었다. 잔잔한 밤바람을 타고 무슨 소리가 들려왔기 때문이다.

한겨울의 한밤중, 그것도 숲에서는 매우 먼 곳까지 소리가 울려 퍼지는 법이다.

"흐으으… 흐으……."

그런데 지금 들려오는 이 소리는 귀곡성(鬼哭聲), 귀신의 울음소리 같았다.

하지만 쾌도비는 그 소리가 무엇인지 즉시 알아차렸다. 소리가 들려오는 방향이 조금 전에 그가 떠난 계류 쪽이기 때문에 주소옥이 울고 있는 것이라고 생각했다.

그가 떠나고 자기 혼자 남았다는 사실을 깨달은 그녀가 울고 있는 것이 분명했다.

그는 다시 걷기 시작했다. 무서우니까 우는 것이다. 하지만 그녀의 울음이 그를 멈추게 하지는 못했다.

울음소리는 점점 더 격해졌다. 거리가 점차 멀어지고 있기 때문에 시간이 지날수록 작게 들렸다. 그러다가 어느 순간 울음소리가 절규로 바뀌었다.

"쾌도비… 돌아와……."

그녀는 악을 쓰겠지만 거리가 멀어서 쾌도비에게는 아련하게 들렸다.

"내가 잘못했어……. 무서워… 돌아와 줘……. 쾌도비……."

주소옥은 악을 쓰면서 울다가 어느덧 기진맥진해졌다. 그나마 기력이 탈진했었는데 한바탕 울고 나니까 정신이 아득해졌다.

모닥불은 벌건 몇 개의 숯만 남아서 점점 추워지고 늑대인지 승냥이인지 모를 짐승의 울음소리가 멀지 않은 곳에서 들려 머리카락이 곤두설 정도로 공포스러웠다.

그렇게 흐느껴 울면서 소리를 질렀는데도 쾌도비는 돌아오지 않았다.

너무 멀리 갔기 때문에 그녀의 울음소리를 듣지 못했거나 아니면 듣고서도 매정하게 그냥 가버린 것 같았다.

그녀는 자신이 이름도 알 수 없는 깊은 산중에 철저히 혼자 버려졌다는 사실을 절감했다.

상체를 일으켜서 앉을 수도 없을 만큼 기진맥진한 그녀로서는 이곳에서 죽음을 맞이할 수밖에 없을 것이라는 현실이 스멀스멀 온몸으로 엄습했다.

아까 급류 가장자리에서 총교 운능위가 결사적으로 싸우면서 그녀를 보호할 때에도 무척 무섭기는 했으나 지금처럼 무섭지는 않았었다. 지금에 비하면 차라리 그때가 그리워질 정도다.

지금 그녀는 철저하게 혼자 버려진 상태다. 운능위나 전효대, 그리고 당석호도 없으므로 아무도 그녀를 도와주지 않을 것이다.

그렇지만 그녀는 할 수 있는 것이 아무것도 없다. 설혹 힘겹게 일어나서 앉는다고 해도 그다음에는 뭘 어떻게 해야 할지 막막하기만 하다. 그런 사실을 깨닫자 공포와 함께 슬픔이 밀려들었다.

크르르…….

그때 가까이에서 심하게 가래가 끓는 것 같은 소리가 들려오자 그녀는 화들짝 놀랐다.

그리고 악취와 역한 비린내가 확 끼쳐 와 그녀를 또 다른 공포에 질리게 만들었다.

'뭐… 지?

크르르르…….

이번에는 가래 끓는 소리가 더 많이 그리고 방금 전보다 훨씬 더 가까이에서 들렸다.

그녀는 자신도 모르게 두 손으로 바닥을 짚고 상체를 일으켰다. 아까는 그토록 일어나려고 애를 써도 안 되던 것이 절박한 상황에 처하자 아무런 고통도 느끼지 못하고 몸이 일으켜졌다.

"아아……."

듣기 거북한 가래 끓는 소리를 내고 악취와 비린내를 풍기는 것이 무엇인지 마침내 정체를 확인한 그녀의 두 눈이 두 배로 커지고 크게 벌어진 입에서 절망과 공포가 뒤섞인 신음이 흘러나왔다.

그녀가 보기에 그것은 매우 큰 개(犬)인 것 같았다. 사실 늑대지만 실제로 늑대를 한 번도 본 적이 없는 그녀는 개라고 생각했다.

크르르르…….

늑대 한 마리가 작은 송아지처럼 거대했다. 흐릿한 달빛 아래라서 늑대의 두 눈에서는 마치 화광(火光)이 뿜어지는 것 같았으며, 날카로운 이빨을 드러내고 침을 뚝뚝 흘리는 모습이 영락없는 악귀에 다름 아니었다.

게다가 한 마리가 아니라 다섯 마리나 됐다. 그것들이 일장 밖에서 부챗살처럼 반원을 형성한 채 점점 가까이 그녀에게 다가오고 있었다.

'느… 늑대야…….'

그녀는 그제야 서책으로만 읽었던 늑대를 기억해 내고 오금이 저렸다.

두 손으로 바닥을 짚고 있는 그녀는 꼼짝도 하지 못한 채 몸을 바들바들 떨며 공포에 질린 얼굴로 늑대들을 쳐다볼 뿐이다.

저 늑대들이 곧 자신을 물어뜯어 갈가리 찢어발기고 살점과 내장을 먹어치울 것이라는 생각을 하자 진저리가 쳐지며 머릿속이 하얗게 비었다.

그녀는 남령부를 떠난 후 지금까지 진짜 공포를 모르고, 아니, 느끼지 못했었다.

운능위 등이 옆에서 지켜주고 있었고, 적이라고 해도 모두 사람이기 때문이다. 사람은 말이 통하고 또 감정을 지니고 있다.

그러나 이것들은 미물이고 짐승이다. 인간의 감정 따윈 전혀 모르고 그녀를 단지 먹잇감으로 여기고 있을 뿐이다. 그래서 더욱 소름 끼치는 것이다.

크와앙!

그때 한 마리 늑대가 느닷없이 몸을 날려 곧장 그녀에게 덮쳐 왔다.

커다랗게 쩍 벌린 입과 번뜩이는 이빨, 새빨간 혀를 보면서 주소옥은 처절한 비명을 터뜨렸다.

"꺄아악—!"

고개를 돌릴 수도 눈을 깜빡일 수도 없어서 늑대가 커다란 아가리를 벌리고 자신의 머리를 한입에 집어삼키려고 달려드는 광경을 똑똑히 보고 있어야만 했다. 이 순간의 공포는 그 무엇으로도 설명할 수 없을 정도다. 그녀의 머릿속이 하얗게 비었다.

딱!

캥!

늑대의 크게 벌린 아가리와 주소옥의 머리가 불과 반 자 남
짓 거리에 이르러 늑대의 고약한 냄새가 그녀에게 와락 끼쳐
지는 것을 느낄 때, 갑자기 늑대가 허공에서 짧은 비명을 지
르면서 한쪽 방향으로 퉁겨지듯 날아갔다.

그것은 마치 누군가 늑대에게 묶여 있는 줄을 한순간 잡아
챈 것 같았다.

첫 번째 늑대에 이어서 두 번째 늑대가 주소옥에게 덮쳐 들
다가 똑같은 꼴을 당했다.

빡!

컹!

그러자 다른 늑대 세 마리는 오륙 장 거리에서 놀라운 속도
로 달려오고 있는 쾌도비를 발견하고는 슬금슬금 물러나더니
한순간 숲 속으로 뛰어들어 사라졌다. 늑대란 자기보다 강한
존재 앞에서는 줄행랑을 친다.

쾌도비는 잠깐 사이에 주소옥 앞에 이르렀다. 그는 주위를
둘러보고 늑대들이 완전히 사라진 것을 확인하고는 양손에
쥐었던 큼직한 차돌들을 버렸다.

그는 달려오다가 늑대가 주소옥을 공격하는 것을 보고 급
히 차돌을 집어 던져서 늑대를 맞췄던 것이다.

어린 시절부터 줄곧 익혀온 그의 돌팔매 실력은 웬만한 암
기 이상이다.

"아아……."

주소옥은 두 눈을 화등잔처럼 커다랗게 뜨고 입도 크게 벌린 상태에서 혼이 완전히 달아난 표정이다.

그녀의 앞에는 쾌도비가 태산처럼 버티고 서 있지만 그녀가 보고 있는 것은 아가리를 벌리고 물어뜯으려고 덤벼드는 늑대의 모습이다.

그녀의 망막에는 아직도 소름끼치는 늑대의 잔상이 뚜렷하게 새겨져 있기 때문이다.

그녀는 제정신이 아니다. 살아 있지도 그렇다고 죽은 것도 아닌 비몽사몽간이다.

쾌도비는 상체를 일으켜 앉은 채 혼비백산한 표정으로 커다랗게 떠진 두 눈 속에서 눈동자가 파도처럼 흔들리고 있는 주소옥을 물끄러미 굽어보았다.

그러다가 그녀의 약간 벌어진 사타구니 아래에 물이 홍건한 것을 발견했다. 공포에 질린 나머지 오줌을 싼 모양이다.

주소옥의 망막에서 덮쳐 드는 사나운 늑대의 잔상이 사라지기까지는 꽤 오랜 시간이 걸렸다.

그녀는 눈을 깜빡거렸다. 그리고 자신의 눈앞에 늑대가 아닌 쾌도비가 서 있는 것을 발견했다. 그런데도 늑대의 잔상에 겹쳐진 쾌도비를 여전히 늑대라고 착각하여 자지러질 듯 비명을 내질렀다.

"아악!"

쾌도비는 아무것도 하지 않고 그냥 우두커니 서서 그녀 스스로 진정하기를 기다렸다.

그가 주소옥에게 다시 돌아온 이유는 그녀가 잘못했다고, 그리고 무섭다고 울부짖었기 때문이다.

다른 이유는 없다. 단지 그것 때문이다. 그 한마디를 듣는 순간 그동안 그녀에게 품고 있었던 좋지 않은 감정들을 당분간 접어두기로 했다.

아주 어린 시절의 쾌도비는 누나가 돈을 벌기 위해서 하루 종일 밖에 나가 있었기에 늘 집에 혼자 남아 있었다.

철이 들기 전까지 그는 혼자서 놀았고 혼자서 무서움에 직면하여 견뎌야만 했었다.

철이 든 후에도 그는 언제나 혼자였다. 누나와 함께 살았으나 남매는 기묘한 괴리 속에서 각각 따로 생활했었다.

조금 더 나이가 들어 예닐곱 살이 되었을 때부터 돈을 벌려고 밖으로 나돌았던 쾌도비는 셀 수도 없이 많은 난관과 위험에 직면해야만 했었다.

낯설고 험난한 세상에서 그는 무서웠고, 죽지 않으려고, 그리고 매를 덜 맞으려고 두려운 상대만 만나면 무조건 고개를 조아리고 용서를 빌었다.

그렇지만 용서받은 경우는 거의 없었다. 아무리 무릎을 꿇고 상대의 발바닥까지 핥아도 놈들은 킬킬거리면서 더욱 잔인하게 그를 때렸었다.

그리고 열 살 무렵 손가락이 떨어져 나가도록 추운 겨울의 어느 날 그는 거리의 골목 막다른 곳에 피투성이로 쓰러진 채 다시는 죽는 한이 있어도 어느 누구에게도 용서를 빌지 않겠노라고 맹세를 했었다.

그 맹세가 그의 인생의 새로운 전환기가 돼주었다. 용서를 빌지 않으려면 한 가지 방법밖에 없기 때문이다.

상대와 맞서 싸워야 하고 또 기필코 이겨야 한다. 아니면 죽도록 얻어터져야 한다. 이기려면 강해질 수밖에 없었다.

그 즈음 그는 쾌도식이라는 도법을 배우기 시작했으므로 박달나무를 깎아서 어설픈 목도(木刀) 하나를 만들어 괴춤에 차고 다니면서 시비를 거는 놈들과 무조건 싸웠다.

말로써 충분히 해결할 수 있는 일이라고 해도 목도부터 휘둘렀다. 일부러 싸움을 만들어서 강해지려는 그 나름의 방법이었다.

처음에는 열 번 싸우면 열 번 다 죽사발이 되도록 얻어터졌으나 한 달이 채 지나기도 전에 그는 싸우기만 하면 백전백승을 거두었다.

그처럼 뼈아픈 기억이 남아 있기에, 주소옥의 용서와 무섭다는 말은 그의 가슴 밑바닥에 응어리진 채 굳어 있는 과거의 그 무엇을 건드렸던 것이다.

과거에 그를 괴롭혔던 자들하고는 달리 그는 자신에게 용서를 비는 사람에겐 좀 관대해지고 싶었다. 어쩌면 그것은 과거에 대한 정신적 보상이었다.

"괜찮소. 늑대들은 다 도망갔소."

쾌도비가 무미건조한 목소리로 중얼거리자 주소옥은 커다랗게 부릅뜬 눈을 깜빡거리며 그를 바라보았다.

"쾌… 도… 비야?"

"그렇소."

"돌… 아온 거야?"

"그렇소."

"날 버리고 간 게 아니었어? 나는 네가… 날 버리고 간 줄만 알았어……."

주소옥은 비 오듯이 눈물을 흘렸다. 하지만 쾌도비는 대답하지 않았다. 그녀를 버리고 갔었기 때문이다.

여전히 무서움이 가시지 않은 그녀는 바들바들 떨면서 쾌도비에게 두 손을 벌리려고 애썼다.

"안아줘……."

쾌도비는 주소옥에게서 어린 시절 무서움에 떨던 자신의 모습을 발견했다.

그는 그녀에게 힘이 남아 있었으면 제 스스로 자신에게 안

졌을 것이라는 생각이 들었다.

　그는 한쪽에 쓰러져 있는 두 마리 늑대를 쳐다보았다. 그가 오른손으로 던진 차돌을 머리에 맞은 두 마리 늑대는 머리가 산산조각 나서 즉사한 상태다.

　그는 천천히 주소옥 옆에 앉아서 왼팔로 그녀의 어깨를 감싸주었다.

　"으흐흑……."

　그러자 그녀는 기다렸다는 듯이 그의 품으로 안겨 들면서 참았던 울음을 터뜨렸다.

　그녀는 아무 말도 하지 않고 그저 울면서 그의 품으로 작게 더 작게 옹송그리면서 파고들었다.

　이런 모습의 그녀는 더 이상 자봉공주도 황족도 아닌 그저 상처 입은 가녀린 작은 새일 뿐이다.

　쾌도비는 그녀를 안고 있는 동안 한 가지 잊고 있었던 사실을 깨달았다.

　주소옥은 쫓기는 몸인데 이곳에서 불을 피우기도 하고 그녀가 흐느껴 울면서 울부짖었으며 늑대 무리 때문에 한바탕 난리까지 피웠으니 추격자들에게 발각됐을 수도 있다. 특히 모닥불의 불빛은 멀리에서도 보이고 연기는 훨씬 더 먼 곳에서도 맡을 수가 있다.

　그러므로 이미 발각됐을 가능성이 크다. 추격자들은 이곳으로 달려오고 있을 것이다. 한시바삐 이곳을 뜨지 않으면 낭패를 모면하기 어려울 것이다.

슥…….

때마침 주소옥이 정신을 약간 수습하고 쾌도비의 품에서 벗어나려고 몸을 꿈틀거렸다. 자기 힘으로 벗어나고 싶어도 그럴 힘이 없었다.

쾌도비는 슬며시 그녀를 떼어냈다.

"아……."

그때 그녀가 갑자기 낮은 탄성을 흘리면서 고개를 아래로 향해 자신의 사타구니를 굽어보았다.

아까 공포에 질렸을 때 싼 오줌의 절반이 아직 몸 안쪽에 남아 있다가 긴장이 풀리자 주르르 허벅지를 타고 흘러내린 것이다.

옷이 찢어져서 고스란히 드러난 속곳에 노란 액체가 흠뻑 머금어졌다가 허벅지를 타고 줄줄 흐르는 것을 굽어보면서 그녀는 복잡한 심정에 사로잡혔다.

지체 높은 황족이며 공주인 자신이 오줌을 쌌고 그것을 쾌도비가 지켜보고 있으니 죽고 싶을 정도로 수치스러웠다.

그러나 인간이 처할 수 있는 가장 밑바닥 상황까지 가봤던 쾌도비로서는 사람이 겁에 질려서 오줌을 싸는 것쯤은 아무 것도 아니다.

그는 수없이 오줌을 쌌을 뿐만 아니라 개처럼 엎어터지다가 똥까지 싼 적도 여러 번 있었다.

쾌도비는 주위를 둘러보면서 조용히 말했다.

"곧 추격자들이 들이닥칠 것이오."

고개를 숙이고 있던 주소옥은 순간적으로 그의 말뜻을 이해하지 못했다가 잠시 후에야 알아들었다.

그녀는 자신이 오줌을 싼 것에 대해서 쾌도비가 아무 말도, 그리고 어떤 내색도 하지 않는 배려가 고마웠다.

그녀는 문득 그가 방금 한 말을 기억해 내고 가볍게 표정이 변했다.

사명대법에서 깨어난 이후 워낙 정신이 없었던 탓에 추격자에 대해서는 까맣게 잊고 있었다.

그녀 역시 쾌도비가 생각한 것들, 즉 불을 피우고 난리법석을 피웠던 일을 생각해 냈다.

자세한 것은 모르겠지만 그렇게 했으니까 추격자들에게 발각됐을지도 모른다는 생각이 들었다. 하지만 그녀는 조금도 서두름 없이 침착한 모습으로 물었다.

"어떻게 하지?"

"여길 벗어나야겠소."

"나는……."

그녀는 나는 움직일 수 없다는 말을 하려고 했다.

“공주를 만져도 되겠소?”

그의 뜬금없는 말에 그녀는 고개를 들어 그를 갈끄러미 바라보았다.

“…….”

주소옥은 쾌도비가 묻는 의도를 안다. 이제 그녀를 업어야 하는데 아까 자신의 몸에 손대지 말라고 그녀가 소리쳤기 때문에 미리 양해를 구하는 것이다.

그것에 대해서 그녀는 아까 잘못했다고 울부짖으면서 쾌도비에게 용서를 구했었다.

그녀의 얼굴이 살짝 붉어지며 고개를 끄떡였다.

“허락하마.”

第十三章

양봉제비(兩鳳齊飛)
—두 마리 봉황이 나란히 날아간다

주소옥은 새로운 쾌도비를 경험하고 있는 중이다.

그녀는 무공을 배운 적은 없으나 어릴 때부터 셀 수도 없을 정도로 많은 무공서(武功書)를 읽었던 덕에 안목은 매우 높은 편이다.

지난번 마별하의 신등축제에서 쾌도비가 보여준 무위(武威)는 총교인 운능위보다도 한 수 높은 수준이라고 그녀는 평가했었다.

운능위가 누군가. 남령부 내에서 두 번째로 고강한 고수가 아니던가. 그런데 일개 호위무사인 쾌도비가 운능위보다 한 수 높으니 그것만으로도 놀라운 일이다.

그런데 쾌도비의 능력은 그게 전부가 아니었다. 지금 그는 주소옥을 업은 상태에서 나무가 빽빽한 산중을 나는 듯이 달리고 있다.

이것은 마별하 신등축제 때 쾌도비가 그녀를 업은 상태에서 강가의 포위망을 뚫고 강둑 위로 쏘아갔던 경공술보다 훨씬 빠르고 경쾌했다.

강호에 경공술만 훌륭하고 무공은 보잘 것 없는 인물은 거의 없다. 경공술이 훌륭하면 당연히 무공도 훌륭하다. 이것만 봐도 그는 일류고수 중에서도 상급에 속한다.

그렇게 생각했을 때 쾌도비는 마별하에서 진짜 실력을 다 발휘하지 않은 것이 분명했다.

또 하나. 주소옥은 쾌도비의 치밀한 성격의 일면을 경험할 수 있었다.

그는 계류를 떠나기 전에 재만 남은 모닥불이라든지 물고기 부스러기와 죽은 늑대 따위를 깔끔하게 치워서 그곳을 원래대로 만들어놓았다.

언제 추격자들이 들이닥칠지 모르는 상황에서도 그는 침착하게, 그리고 능숙한 솜씨로 주변 정리를 하고 나서야 그곳을 떠났다.

쉽게 생각하면 언제 추격자들이 들이닥칠지 모르는 상황

에서 서둘러 그 자리를 떠나는 것이 최선인 것 같다.

하지만 깊이 생각해 본다면 절대로 그렇지 않다. 흔적이란 긴 꼬리나 마찬가지다. 꼬리가 잡히면 몸뚱이가 잡히는 것은 시간문제다.

추격자들이 그곳에 당도했을 때 흔적이 고스란히 남아 있다면 얼마 전까지 이곳에 누가 있었다는 사실과 표적이 멀리 가지 못했다는 여러 사실 등을 알게 될 것이고, 그로써 추격의 이정표를 삼을 수가 있다.

그러나 반대로 흔적이 깨끗이 지워져 있다면 추격자들은 그곳에서 아무것도 알아내지 못할 테고, 다음 행등을 어떻게 취해야 할지 갈팡질팡하게 된다.

그러므로 흔적을 남기는 것과 지우는 것은 하늘과 땅 차이의 결과를 낳게 되는 것이다.

쾌도비는 계류를 출발하여 두 시진 동안 줄곧 경공술을 전개하여 달리고 있는데도 멈출 생각을 하지 않았다.

그는 주소옥을 업고서도 손발을 자유롭게 쓰기 위해서 한 가지 방법을 생각해 냈다.

자신의 상의를 벗고 그녀를 업어 자세를 바로잡은 후에 그 위에 상의를 입었다.

처음부터 조금 헐렁한 상의였고 그녀가 가녀린 체구라서

그렇게 하니까 조금 작은 옷을 입은 정도가 되었을 뿐 그다지 불편하지는 않았다.

또한 그 상태에서 창룡도를 어깨에 메니까 언뜻 보면 쾌도비 한 사람처럼 보였다.

쾌도비는 원래 아무리 추운 겨울이라고 해도 옷을 위아래 봄가을용으로 하나만 입는다.

그래서 상의를 벗으면 상체는 맨살이 된다. 거기에 옷이 많이 찢어져서 반라의 몸이나 다름이 없는 주소옥을 업었으므로 서로 맨살끼리 닿는, 아니, 밀착된 부위가 많다.

그렇지만 쾌도비는 천성적으로 그런 것에 무심한 성격이고, 주소옥은 자신이 반라 상태라는 것을 조금도 느끼지 못하고 있으니 별문제가 되지 않았다.

상의 속에서 주소옥은 두 팔을 벌려 쾌도비의 양쪽 겨드랑이 아래로 넣어 가슴을 안고 있다. 하지만 그의 가슴이 워낙 넓어서 손끝이 닿지 않았다.

겉보기에는 마른 듯 호리호리한 체구였는데 막상 그의 몸을 안으니까 우람하고 강철처럼 단단한 것을 실감했다.

쾌도비는 오른손으로 그녀의 둔부를 받치고 있으나 두 사람이 상의 안에 밀착되어 있으므로 그냥 업은 것보다는 한결 수월했다.

주소옥은 이번까지 세 번째 쾌도비에게 업히는 것이며 예전의 두 번이 그랬듯이 이번에도 매우 편안함을 느끼고 있다. 특히 지금은 예전보다 훨씬 포근하고 안온했다.

그때하고는 상황이 많이 다르기 때문이다. 그때보다 훨씬 더 절박한 상황이기 때문에 더 포근함을 느끼는 것 같았다.

지금 그녀가 느끼고 있는 포근함은 뭐라고 표현할 수 없을 정도로 좋았다.

차갑기 이를 데 없으며 무뚝뚝한 데다 행동거지나 목소리마저 무미건조한 멋없는 쾌도비인데 그의 등, 아니, 체온은 정말 따뜻했다.

더구나 맨살인데다 그녀의 왼손이 그의 심장 부위를 안고 있어서 쿵쿵거리는 심장박동이 고스란히 느껴져서 더욱 편안함이 느껴졌다.

어머니의 자궁 속에 들어가서 웅크리고 있으면 이렇게 편할 것이라고 그녀는 생각했다.

그의 상의 속에 한 몸처럼 함께 들어간 상태에서 업혔다는 것, 그리고 그의 커다란 손이 둔부를 받치고 있는 것 등 어느 것 하나 편안하지 않은 것이 없었다. 이것은 어머니의 자궁이자 난공불락의 철옹성(鐵甕城)이다.

사실 그녀는 이곳까지 업혀오면서 한 시진 이상은 잠들어 있었다. 너무 편하고 나른해서 쏟아지는 잠을 뿌리치기가 어려웠었다.

그때 문득 그녀는 자신의 가슴 부위가 조금 이상하다는 느낌을 받았다. 쾌도비가 달리면서 밀착된 두 개의 몸이 부대끼는데 이상하게도 왼쪽과 오른쪽 젖가슴의 느낌이 약간 다른 것 같았다.

왼쪽은 쾌도비의 등과 밀착된 젖가슴 사이에 그녀가 입고 있는 두세 겹의 옷이 끼어서 그가 움직일 때마다 그의 등과 그녀의 젖가슴이 따로 노는 느낌이 느껴졌다.

하지만 오른쪽 젖가슴은 전혀 움직이지 않았다. 그것은 마치 젖가슴이 그의 등 맨살에 붙어버린 것 같은 느낌이다.

궁금한 것이 있으면 도저히 그냥 넘기지 못하는 그녀는 그의 가슴을 꼭 붙잡고 있던 두 팔을 좀 느슨하게 하고 고개를 숙이며 눈동자를 한껏 아래로 했다.

'아…….'

아래쪽 자신의 젖가슴을 확인한 그녀는 크게 놀랐다. 자신의 오른쪽 젖가슴이 그대로 노출된 상태에서 그녀가 굽어보는 동안에도 유두와 젖가슴이 쾌도비의 등에 짓눌려 있는 모습이 똑똑히 보였다.

그녀는 왜 그런지 이유를 알았다. 옷이 많이 찢어졌기 때문이다. 그렇다고 해도 이것은 도저히 있을 수 없는 일이라서 급히 입을 열었다.

"멈춰라."

쾌도비는 신형을 멈추고 그녀를 돌아보았다. 왜 멈추라고
했는지 궁금할 텐데도 예의 무표정한 얼굴이다.

“무슨 일이오?”

“너… 음. 아니다. 그냥 가자.”

꾸중을 하려던 그녀는 자신의 옷을 쾌도비가 일부러 찢은
것이 아니며, 그는 자신의 등 맨살에 그녀의 맨살 젖가슴이
닿든 말든 전혀 반응을 하지 않는다는 사실을 순간적으로 깨
달았다.

그녀가 알고 있는 쾌도비는 조금도 음탕하지 않은 사람이
다. 아니, 기분이 나쁠 정도로 무관심한 사람이다.

그런 그를 멈춰 세우고 네 등과 내 젖가슴이 닿았다는 등
왈가왈부한다는 것 자체가 우스운 일인 것 같다는 생각이 든
것이다.

더구나 그녀는 아래 속곳과 허벅지에 아까 싼 오줌이 흠뻑
묻어 있는데도 그대로 그에게 업혀 있다는 사실마저 깨달아
버렸다.

그녀는 두 다리를 한껏 벌리고 있어서 속곳이 그의 등허리
에, 그리고 양 허벅지가 그의 양쪽 옆구리에 밀착되어 있는
상황이니까 그로 인해서 그의 등허리와 양쪽 옆구리에도 오
줌이 잔뜩 묻었을 것이다.

그런데도 그는 아무런 내색도 하지 않고 있다. 거기에 대해

서 주소옥이 느끼는 것은 고마움도 수치심도 아니다. 야릇하고도 묘한 동질감. 그리고 '나는 그에게 조금쯤 수치스러운 모습을 보여도 괜찮아' 라고 하는 안도감이었다.

쾌도비가 다시 달리기 시작하자 그녀도 다시 두 팔로 그의 가슴을 안고 온몸을 밀착시켰다.

그녀는 조금 전보다 더 편안해진 것을 느꼈으나 무엇 때문인지는 설명하기 어려웠다.

쾌도비는 계류를 출발하여 줄곧 동남방향으로 세 시진째 달리고 있는 중이다.

어제 그가 청진현 하오문인 흑응문에서 흑청사 문신에 대해서 알아보다가 언뜻 들은 말에 의하면, 남령부에서 주소옥을 구하기 위해서 최고수인 구양응과 수천 명을 보냈으며, 귀양성의 제일방파인 통천방을 동원시켰다고 했었다.

그러니 쾌도비가 그들을 만날 수 있다면 무엇보다도 좋은 일이고 주소옥에게도 더할 나위 없을 터이다.

그렇지만 남령부의 최고수 구양응이 이끄는 수천의 세력은 전력을 다해서 달려온다고 해도 아직 이곳에 도착하지 못했을 것이다.

그렇다면 통천방 사람들을 만나거나 그렇지 못할 경우에는 통천방에 직접 찾아가서 주소옥을 맡기는 것이 가장 쉬운 방법이라는 결론을 내렸다.

　그래서 그의 목적지는 동북방향인 악양인데 남쪽의 귀양성을 목적지로 삼았다.

　현재 추격자들은 필경 서남쪽에서 동북쪽으로 훑으면서 올라오고 있을 테고, 그는 동남쪽으로 우회하여 귀양성으로 가고 있는 중이다.

　원래 그가 있는 곳에서 귀양성은 남쪽에 있지만 추격자들과 부딪치지 않으려고 동남쪽으로 가는 것이다. 달하자면 동남쪽으로 갔다가 다시 서남쪽으로 가려는 계획이다.

　주소옥을 통천방에 넘겨주면 그것으로 끝이다. 그녀로서도 통제불능의 쾌도비보다는 자신에게 설설 기는 보통의 무사나 고수들이 편할 터이다.

　동이 터올 무렵에 쾌도비는 부지런한 사냥꾼 한 사람을 만나 그에게 귀양성으로 가는 방향과 이 일대 지리에 대해서 제대로 물은 후에 다시 출발했다.

　사냥꾼은 서남쪽으로 십오 리쯤 가면 귀양성이 나올 것이라고 가르쳐 주었다.

　쾌도비는 귀양성 북쪽 십여 리쯤에서 동남쪽으로 너무 우회하는 바람에 지나쳐 오고 말았다.

　사냥꾼과 헤어지고 일각쯤 후에 쾌도비는 산에서 벗어나

들판으로 나섰다.

누런 풀이 허리까지 차는 초원이 드넓게 펼쳐져 있어서 그 끝이 보이지 않을 정도다.

이곳까지는 삭월부를 비롯한 추격대가 이르지 않았을 것이라고 생각하지만 세상일이란 모르는 것이다. 아무런 엄폐물도 없는 이런 허허벌판에서 적과 마주친다면 낭패를 면치 못할 터이다.

하지만 날이 밝고 있으며 조금만 가면 귀양성이다. 그곳에서 통천방을 찾아가서 주소옥을 맡기면 그녀도 안전하고 쾌도비는 다시 자유의 몸이 되어 갈 길을 가면 된다.

그 정도면 창룡도의 값어치를 하는 셈이다. 그는 다른 것은 욕심이 없지만 창룡도는 왠지 마음에 들어서 꼭 자신의 것으로 만들고 싶었다.

초원의 한복판에 이르렀을 때 쾌도비는 전방에서 바람에 실려오는 무슨 냄새를 맡고 뚝 걸음을 멈추었다.

사람 특유의 냄새다. 뭐라고 설명하기는 어렵지만 그만이 알고 있는 사람 냄새가 분명했다.

그뿐만 아니라 익숙한 쇠붙이 냄새도 났다. 도검의 냄새이고 한둘이 아니라 여러 명이다.

사람이 많은 거리에서는 구별하기 어렵지만 자연 한복판

인 이런 들판에서는 사람이나 무기 냄새를 맡는 것은 쾌도비에게는 어렵지 않은 일이다.

그렇다면 전방에서 무사 혹은 고수 여러 명이 떼로 몰려오고 있다는 뜻이다.

그 자리에 멈춰서 전방을 뚫어지게 주시했으나 아직 사람의 모습은 보이지 않는다.

그렇다면 최소한 오 리 밖이다. 그러므로 여기에서 쾌도비는 결정을 내려야 한다.

다른 방향으로 돌아서 갈 것인가. 왔던 길로 되돌아 갈 것인지, 아니면 계속 갈 것인지를 말이다.

하지만 그는 세 가지 방법 외에 다른 방법을 택했다. 그 자리에 엎드려서 숨기로 했다.

지금 전방에서 다가오고 있는 미지의 인물들이 누군지 숨어서 확인하려는 것이다.

그들이 적이라면 계속 숨어서 지나치기를 기다릴 것이고, 여의치 않으면 싸울 것이다. 그러나 할 수만 있으면 싸우지 않는 편이 좋다.

사사삭…….

삼십여 명의 청의 무사가 떼를 지어서 넓게 흩어진 형태로 쾌도비가 숨어 있는 곳으로 다가오고 있는 모습이 풀숲 사이로 보였다.

쾌도비가 예상했던 것보다 많은 수다. 냄새로는 상대가 몇 명이나 되는지 정확하게 알 수가 없다.

무사들은 경공을 전개해서 달려오고 있는데 보아하니 대단한 수준은 아닌 듯했다.

[자세를 낮추고 숨을 멈추시오.]

쾌도비가 아무 설명도 없이 풀숲에 엎드렸을 때부터 긴장하고 있던 주소옥은 그의 전음을 듣자 두 팔로 그의 가슴을 더욱 끌어안고 온몸을 밀착시켰으며 뺨을 그의 등에 대고 눈을 감으면서 숨을 멈추었다.

그러면서 자신과 쾌도비가 완전히 한 몸이 된 것 같은 느낌이 들었다.

다가오고 있는 삼십여 명의 무사는 양쪽으로 이십여 장 이상 넓게 펼쳐진 형태를 유지하고 있으며, 그중 한 명이 쾌도비가 엎드려 있는 곳으로 곧장 달려오고 있어서 그는 팔꿈치로만 기어서 자리를 조금 이동했다. 다가오고 있는 자가 비껴가도록 하려는 것이다.

그런데 쾌도비는 자신 쪽으로 달려오는 무사의 왼쪽 가슴에 세로로 ‘通天[통천]’ 이라고 수놓인 글자를 발견했다. 그것은 그자가 속해 있는 방파를 나타내는 표기가 분명했다.

‘통천방이다.’

쾌도비가 찾아가려고 했던 통천방 무사들이 틀림없다. 하지만 그는 서둘지 않고 계속 엎드려 있으며 그들이 지나가기를 기다렸다.

통천방 무사들이 후미까지 완전히 지나친 후에 그는 몸을 일으켜 그들의 뒤에 대고 낮게 외쳤다.

"귀하들은 통천방 사람이오?"

순간 달려가던 삼십여 명의 통천방 무사는 깜짝 놀라 일제히 멈추면서 뒤돌아섰다.

그들은 허를 찔린 듯한 표정으로, 그리고 약간 우왕좌왕하면서 잔뜩 경계했다.

그도 그럴 것이 자신들이 방금 지나친 곳에 쾌도비가 우뚝 서 있기 때문이다.

더구나 쾌도비의 모습은 희한했다. 상의 속에 긴 머리카락의 한 여자를 아기처럼 업고 있는 모습은 통천방 무사들의 눈길을 끌기에 충분했다.

"포위해라!"

삼십여 명 중에서 가장 뒤쪽, 그러니까 달릴 때에는 선두에 있던 인물이 짧게 소리쳤다.

그는 청의 경장을 입은 다른 무사들하고는 달리 청의 상의에 붉은색 동의(胴衣:저고리)를 입은 것으로 미루어 우두머리인 듯했다.

그의 명령과 함께 삼십여 명이 재빨리 움직여서 쾌도비를 포위해 버렸다.

쾌도비는 별일 아닌 듯 우뚝 서 있고 주소옥은 눈동자를 굴리며 그들을 쳐다보았다.

하지만 그녀는 쾌도비가 있으므로 그다지 염려하지 않았다. 하늘이 무너진다고 해도 그만 있으면 아무 일도 일어나지 않을 것만 같았다.

삼십여 명이 쾌도비를 포위하기를 기다렸다가 우두머리가 천천히 앞으로 나섰다.

그는 생각했던 것보다 쾌도비가 어린 것을 보고 가소롭다는 표정을 지었다.

"너는 무엇하는 놈인데 우리가 통천방 사람이냐고 묻는 것이냐?"

상대의 나이나 지위를 보고 공경하거나 함부로 대하는 자치고 싹수 있는 놈 없다.

"통천방에서는 혹시 자봉공주를 찾고 있지 않소?"

그의 조용한 말에 우두머리와 통천방 무사들은 움찔 놀라는 표정을 지었다.

그러나 누구보다 놀란 사람은 주소옥이다. 그녀는 쾌도비가 이러는 의도를 짐작조차 하지 못했다.

"왜 그러는 거야?"

"염려하지 마시오. 공주의 부친이 통천방에 도움을 요청했다고 알고 있소. 그러니 이들과 함께 있으면 안전하게 집으로 데려다줄 것이오."

주소옥은 쾌도비가 자신을 이들에게 넘기려 한다는 사실을 깨달았다.

"그건 안 돼."

그녀는 단호하게 말했다. 자신을 이들에게 넘기는 것도, 그리고 남령부로 되돌아가는 것도 안 된다는 뜻이다.

우두머리는 쾌도비와 주소옥의 대화를 듣고 어떻게 된 일인지 재빨리 알아차렸다.

사실 통천방에서는 보유하고 있는 고수와 무사의 칠 할인 구백여 명을 자봉공주를 찾는 일에 투입한 상황이다.

통천방은 현 상황에 대해서 시시각각 보고를 받고 있어서 삭월부와 이번 자봉공주 암살 건에 동원된 방파들의 움직임을 손금을 보듯이 훤하게 꿰고 있다.

그래서 삭월부 등 다른 방파들이 아직 자봉공주를 찾지 못했다는 것을 알고, 그들이 자봉공주를 몰고 있는 앞쪽에 그물을 치고 조여가고 있는 상황이다.

지금 이들 삼십여 명은 통천방의 일개 당 후하의 향(香)으로서 다른 세 개의 향과 함께 그물의 뒤쪽을 수색하라는 명령을 받았다.

말하자면 통천방은 자봉공주가 이미 그물을 통과했을지도 모른다고 가정을 한 것이다.

그런데 그들이 두 눈 뻔히 뜨고서도 놓칠 뻔했던 자봉공주가 스스로 모습을 드러냈으니 횡재도 이런 횡재가 없을 것이다.

통천방주는 자봉공주의 목을 가져오는 수하에게 무려 은자 백만 냥의 상금을 걸었다.

우두머리, 즉 향주는 상금 은자 백만 냥이 이미 수중에 들어온 것이나 다름이 없다는 듯 득의한 표정을 지으며 쾌도비 등에 업혀 있는 주소옥을 쳐다보았다.

그녀의 모습은 그가 품속에 지니고 있는 전신(傳神:초상화)의 그림과 똑같았다.

그로서는 쾌도비하고 이런저런 말을 해가면서 자봉공주를 넘겨받고 자시고 하는 것이 귀찮았다. 쓸데없는 절차 따윈 생략해 버려도 된다. 그가 필요한 것은 자봉공주의 머리이기 때문이다.

쾌도비는 향주의 얼굴에 떠오른 표정을 보고 뭔가 이상한 낌새를 감지했다.

“죽여라!”

그때 향주가 우렁차게 외치면서 자신이 제일 먼저 어깨의 검을 뽑으며 쾌도비에게 곧장 짓쳐왔다.

그는 쾌도비가 어린 데다 또 허술한 겉모습만 보고는 자신의 상대가 되지 않을 것이라고 속단했다.

그래서 자신이 제일 먼저 공격하여 쾌도비와 주소옥을 한꺼번에 죽이려는 것이다.

향주가 공격해 오는 것을 보고서야 쾌도비의 뇌리를 번뜩 스치는 그 무엇이 있었다.

어제 그는 청진현 하오문인 흑응방을 떠나서 수문현으로 가는 관도 상에서 삭월부의 향주 등을 만났었다.

삭월부 조장의 도를 지니고 있는 쾌도비를 보고 향주가 왜 얼쩡거리느냐고 꾸짖었으며, 궁해진 쾌도비는 남령부에서 구양웅과 수천 명을 파견했으며, 또 귀양성의 통천방을 동원했다는 정보를 얻느라 늦었다고 얼버무렸었다.

그러자 향주는 통천방은 염려할 것 없다면서 쾌도비의 말을 묵살했었다.

더구나 향주는 나중에 삭월부주를 만났을 때에도 그 사실을 보고하지도 않았었다.

그때는 그것을 조금 석연치 않게 여겼었는데 이제 보니 통천부와 삭월부는 한통속이었던 것이다. 통천방의 향주가 자봉공주를 업고 있는 쾌도비를 다짜고짜 공격하면서 지독한 살수를 전개하는 것을 보면 알 수 있다.

그 사실을 모르고 쾌도비는 통천방으로 직접 찾아가서 주소옥을 맡기려고 했으니, 호랑이 아가리에 먹이를 통째로 집어넣어 주는 꼴이 될 뻔했다.

그런 점에서 봤을 때 이곳에서 통천방 졸개들을 만난 것은 여간 다행스런 일이 아니다.

스릉—

통천방 향주가 먼저 공격했음에도 우두커니 서 있던 쾌도비는 뒤늦게 서두르지 않는 동작으로 창룡도를 뽑았다.

쉬이익!

일 장까지 쇄도하고 있는 향주는 전혀 거리낌 없이 자신이 가장 자랑하는 초식을 날카롭게 전개하며 쾌도비의 가슴 한복판을 노리고 검을 찔러왔다.

일검으로 쾌도비와 주소옥을 한꺼번에 꿰뚫어서 죽이겠다는 심산이다.

그는 은자 백만 냥이 든 돈 궤짝을 이미 받은 것이나 진배없다고 생각했다.

퍽!

"캑!"

향주의 검첨이 쾌도비의 가슴 한 뼘쯤에 이르렀을 때 창룡도가 번쩍 빛처럼 허공을 가르며 향주의 정수리를 쪼개고 가슴까지 세로로 파고들었다.

사방에서 덮쳐 들고 있던 삼십여 명의 무사는 그 광경을 보

고 주춤했으나 공격해 오던 기세를 몰아 파도처럼 휘몰아쳐
왔다.

　보통 이런 상황에서 공격자의 대다수는 깊이 생각하려 들
지 않는다.

　이미 공격이 시작됐으며 상대는 한 명인데 비해서 자신들
은 삼십여 명이나 되기 때문이다.

　더구나 하급무사들은 실전에서 생각이라는 것을 전혀 하
지 않는 편이다.

　생각은 우두머리가 하는 것이고 자신들은 그저 명령에만
따르면 되기 때문이다.

　쾌도비의 실력이 어느 정도인지 대충 알고 있는 주소옥은
조금도 걱정하지 않았다.

　더구나 그가 방금 전에 향주를 눈 깜짝할 사이에 죽이는 것
을 보고 더욱 믿음이 깊어졌다.

　그리고 과연 쾌도비는 그녀의 믿음을 저버리지 않았다. 그
는 사방에서 공격해 오는 적들을 서서 기다리지 않고 오히려
정면으로 부딪쳐 갔다.

　그가 일단 몸을 움직여 경공술 비조행을 전개하자 통천방
무사들은 아무도 그를 따라잡지 못했다.

　그런 상황에서 쾌도비가 동에 번쩍 서에 번쩍이면서 쾌도
식을 전개할 때마다 적 두세 명이 어김없이 처절한 비명을 지

르면서 거꾸러졌다.

통천방 무사들은 조금 전 다수를 믿고 사납게 합공할 때하고는 판이하게 잠깐 사이에 십여 명의 동료를 잃고 갈팡질팡했다.

그들은 쾌도비가 예상 밖으로 매우 고강하다는 사실을 깨달았으나 이미 때가 늦었다.

더구나 그들이 할 수 있는 일은 아무것도 없었다. 한줄기 바람처럼 빠르게 움직이는 쾌도비를 도저히 따라잡지도 못할 뿐더러, 전후좌우에서 빛처럼 빠른 쾌도식을 구사하는 데에는 그저 우두커니 서 있다가 어느 방향에서 공격이 쇄도하는지도 모르는 상태에서 당할 수밖에 없었다.

주소옥은 쾌도비의 오른쪽 어깨에 턱을 붙이고 눈도 깜빡이지 않으면서 그의 동작을 유심히 지켜보았다.

그녀는 보통 사람으로는 상상을 초월할 정도로 많은 무공서를 읽은 덕분에 누군가의 동작만 보고서도 그것이 무슨 무공인지 알아낼 수 있을 뿐만 아니라, 그 무공의 처음부터 끝까지 완전히 꿰고 있다.

그녀는 쾌도비의 동작을 보고 그가 사용하는 도법이 무엇인지 알아내려고 했으나 만족할 만한 결과를 얻지 못했다.

왜냐하면 채 열 호흡이 지나기도 전에 싸움이, 아니, 쾌도비의 일방적인 살육이 끝났기 때문에 그의 동작을 제대로 보지 못한 것이다.

'두 명이 모자라다.'

쾌도비는 왼손에 창룡도를 움켜쥐고 우뚝 선 채 날카롭게 주위를 둘러보았다.

그는 눈이 매운 편이고 기억력이 뛰어나서 한 번 슬쩍 본 것만으로도 이곳에 온 통천방 무사의 수가 정확하게 삼십이 명이었다는 것을 알고 있었다.

그런데 그는 방금 전까지 삼십 명만을 죽였다. 두 명이 비는 것이다.

주위를 둘러보던 그가 갑자기 한쪽 방향으로 번쩍 신형을 날려 쏘아갔다.

그쪽 풀숲에 숨어 있는 적은 숨소리는 멈췄으나 맹렬하게 뛰는 심장박동을 감추지는 못했다. 쾌도비는 그것을 감지한 것이다.

척!

"흐엇!"

느닷없이 쾌도비가 내려서자 그곳에 납작하게 엎드리고 있던 무사는 기겁을 하여 이판사판이라는 심정으로 몸을 날리면서 쾌도비에게 검을 휘둘렀다.

쩌꺽!

"끅!"

창룡도가 번뜩이더니 그어오는 검을 반 토막 내면서 무사의 왼쪽 어깨에서 오른쪽 옆구리까지 비스듬히 통째로 잘라버렸다.

"쾌도비, 남쪽 방향이야."

주소옥 역시 뛰어난 기억력 덕분에 적이 삼십이 명이었던 것을 기억하고 있었으며, 지금까지 쾌도비가 삼십일 명을 죽인 것으로 계산하고 있었다. 그래서 두리번거리다가 나머지 한 명을 찾아냈다.

쾌도비가 남쪽을 쳐다보자 통천방 무사 한 명이 이십여 장 밖에서 사력을 다해 도망치고 있었다.

탓―

발끝으로 힘껏 땅을 박찬 그는 행운유수처럼 유유하고도 빠른 속도로 추격을 시작했다.

그런데 그때 그의 눈이 빛났다. 도망치고 있는 무사가 품속에서 무엇인가를 꺼내는 모습을 발견한 것이다.

도망치기에도 급박한 자가 무엇인가를 꺼낸다면 한 가지밖에 없다.

신호탄을 쏘아 올리려는 것이 분명하다. 즉, 이곳의 상황과 위치를 통천방에 알리려는 것이다.

쾌도비는 앞뒤 생각할 겨를이 없었다. 허공 높은 곳에서 신호탄이 터지면 수십 리 밖에서도 보일 테니까 통천방뿐만 아니라 자봉공주를 죽이려고 하는 모든 방파가 운집할 것이다.

쉬익!

그는 달려가면서 왼손에 쥐고 있던 창룡도를 오른손으로 바꿔 쥐고 무사를 향해 힘껏 날렸다.

미증유의 공력이 실려 있는 오른손으로 날린 창룡도는 맹렬하게 회전하면서 무서운 속도로 쏘아갔다.

창룡도가 일자로 곧지 않고 약간 휘었기 때문에 빠른 속도로 회전하니까 마치 바퀴 모양의 크고 둥근 륜(輪)을 던진 것처럼 날아갔다.

더구나 멀리에서는 그 륜이 거무스름한 원에 붉은 띠 한 줄이 새겨진 것처럼 보였다. 창룡도의 칼날에 거무스름한 기운이 감돌고 복판에는 은은한 붉은색이 띠처럼 드리워져 있기 때문이다

슈우우…….

팍!

달려가는 무사에게서 수직으로 붉은색의 신호탄이 솟구친 것과 창룡도가 회전하면서 그자의 허리를 덩경 통째로 자른 것은 동시에 일어난 일이다.

쾌도비는 재빨리 품속에서 비도쾌를 꺼내자마자 신호탄을 향해 오른손으로 힘차게 내던졌다. 비도쾌의 주인인 주소옥

이 등에 업혀 있다는 것과 그녀가 보고 있다는 사실을 염두에 둘 상황이 아니다.

부우우…….

그러자 마치 말벌이 날갯짓을 하는 것 같은 음향이 흐르면서 비도쾌가 쏘아나갔다.

비도쾌는 창룡도보다 휘어진 정도가 더 심하고 절반 정도로 작아서 더욱 맹렬하게 회전하고 또 훨씬 더 빠른 속도로 날아갔다.

팍—

그리고 다행히 신호탄이 허공에서 터지기 전에 싹둑 자르는데 성공했다.

지상에서 이십오륙 장 높이였다. 쾌도비가 어렸을 때부터 돌팔매로 다져진 실력이 아니었으면 맞추기 어려운 거리이며 높이였다.

그런데 바로 그때 쾌도비로서는 전혀 예상하지 않았던 일이 일어났다.

쉬르르…….

신호탄을 자른 비도쾌가 허공에서 크게 반원을 그리면서 회전하는 것 같더니 던졌을 때와 똑같은 속도로 쾌도비를 향해 날아오고 있는 것이었다.

"비표(飛表:부메랑)야!"

그걸 본 주소옥이 놀라서 급히 외쳤다. 그녀도 그런 광경은 처음 보는 것 같았다.

하지만 쾌도비는 피하지 않고 우뚝 서서 자신을 향해 쏘아오는 비도쾌를 뚫어지게 주시했다.

보통 사람 같으면 이런 상황에서 크게 당혹해서 어쩔 줄 모르겠지만, 그는 산전수전 두루 겪어 경험이 풍부한데다 워낙 담력이 커서 움찔 가볍게 놀라는 것으로 그쳤다. 그러면서 이 상황을 파악하는데 주력했다.

그는 비도쾌 칼등에 새겨진 세 개의 글귀 증 마지막 구절을 생각했다.

삼라만상비(森羅萬象飛). 앞의 ‘삼라만상’과 뒤에 ‘비’가 어떤 연관이 있는지는 모르겠으나, 지금 비도쾌가 쏘아낸 원래의 위치로 돌아오고 있는 것을 보면 ‘난다’라는 ‘비’의 의미를 알 수 있을 것 같기도 했다.

쾌도비는 자신이 지금 굉장히 중요한 순간을 맞이하고 있다는 사실을 깨달았다.

비도쾌가 보통의 도검을 던지는 것보다 최소한 두 배 이상 빠른 속도로 날아간다는 것과, 던진 곳으로 되돌아온다는 사실은 경이로움 그 자체다.

만약 쾌도비가 되돌아오는 비도쾌를 잡아낼 수만 있다면 앞으로 큰 도움이 될 것이 분명하다.

쾌도비의 오른팔은 도검으로도 흠집조차 나지 않는다. 하지만 그가 알고 있는 비도쾌도 결코 평범한 도가 아니다. 암석이나 쇠붙이를 상대로 시험을 해보지는 않았으나, 필경 무를 베듯 할 것이라고 믿었다.

그러므로 되돌아오는 비도쾌의 도파를 정확하게 낚아채려는 시도는 매우 위험할 수도 있다.

쾌도비의 눈은 매우 빠르고 정확하지만 비도쾌의 회전은 그가 제대로 분간하기 어려울 정도로 빠르다.

'해보자!'

그는 자신을 향해 무서운 속도로 쏘아오는 비도쾌를 마주하고 우뚝 서며 어금니를 악물었다.

그리고는 회전하면서 쏘아오는 비도쾌의 도파를 찾으려고 두 눈을 있는 힘껏 부릅떴다.

그런데 비도쾌의 회전이 생각보다 지독하게 빨라서 도저히 도파의 위치를 정확하게 찾을 수가 없다. 그러는 사이에 비도쾌는 어느새 이 장까지 쇄도하고 있었다.

'안 되겠다.'

쾌도비는 지금은 일단 피하고 나중에 시간을 내서 제대로 연습해야겠다고 생각했다.

여간해서는 한 번 작심한 것을 포기하지 않고 버티는 그가 물러서야겠다고 생각했다면 그것은 불가능에 가까운 상황일

때뿐이다.

그런데 그때 주소옥이 뾰족하게 외쳤다.

"회전하는 원 안에 손을 넣어!"

쾌도비는 멈칫했다. 그러는 사이에 비도쾌는 일 장까지 쇄도하고 있었다.

그가 일순 멈칫하는 바람에 이제는 피하는 것도 녹록하지 않게 되었으므로 그녀가 시키는 대로 할 수밖에 없다.

만약 그녀가 틀렸다면 비도쾌는 쾌도비의 얼굴이나 목을 잘라 버리고 말 것이다.

비도쾌의 도파를 정확하게 잡는 것보다는 회전하고 있는 원 한쪽에 손을 찔러 넣는 것은 비교할 수도 없을 만큼 쉬운 일이다.

주소옥은 그의 오른쪽 어깨에 턱을 얹은 자세로 눈도 깜빡이지 않고 지켜보았다.

만약 쾌도비가 비도쾌를 제대로 잡지 못하면 비도쾌에 의해서 그녀도 무사하지 못할 수도 있을 텐데 조금도 염려하는 표정이 아니었다. 쾌도비가 잡아낼 것이라고 믿고 있기 때문이다.

슛…….

마침내 비도쾌가 반 장까지 쇄도했을 때 쾌도비는 수도의 형태로 만든 오른손을 아래에서 위로 번개같이 회전하는 비도쾌의 가운데 원으로 찔러 넣었다.

만약 실패한다면 그의 팔뚝이 절단될지도 모르고 그와 주소옥이 크게 다치거나 죽을 수도 있다.

사라라…….

비도쾌가 쾌도비의 손목을 중심으로 몇 바퀴 회전하더니 어느 순간 그의 손에 잡혀 버렸다.

쾌도비가 비도쾌를 잡은 것이 아니라 비도쾌의 도파가 저절로 그의 손안에 들어온 것이다. 실로 신기하기 짝이 없는 일이다.

그가 품속에서 비도쾌를 꺼내 던진 순간부터 놀라움의 연속이었다.

"네가 비도쾌를 갖고 있었구나?"

주소옥은 쾌도비가 쥐고 있는 비도쾌를 보면서 나직하게 중얼거렸다.

'들켰다.'

주소옥을 처음 만난 날 마차 안 이불 아래에 있던 비도쾌를 발견하고 너무 탐나서 품속에 넣었었는데 이제야 주인인 주소옥에게 들키고 만 것이다.

그런데 비도쾌라는 이름은 쾌도비가 비도쾌 칼등에 새겨진 세 개의 문구 마지막 글자인 '쾌도비'가 자신의 이름하고 같아서 거꾸로 부르자고 지은 이름인데 주소옥도 비도쾌라고 불렀다.

그렇다면 이 도의 이름은 비도쾌라는 것이다. 우연의 일치
라고 하기에는 정말 신기한 일이다.

第十四章

창승부기미치천리(蒼蠅附驥尾致千里)
—쉬파리가 천리마 꼬리에 붙어서 천리를 간다

주소옥을 통천방에 맡기려는 계획은 실패했다.

남령왕이 통천방에게 자봉공주를 구하고 또 호위해 달라고 요청했음에도 불구하고 통천방은 반대편에 섰다. 통천방은 아군이 아니라 적이 됐다. 그 차이는 매우 크다.

어쨌든 쾌도비는 주소옥을 떼어내지 못했다. 이제는 억지로 떼어낼 수도 없게 돼버렸다.

그가 비도쾌를 갖고 있었던 것을 그녀에게 들켜 버렸기 때문이다. 그의 성격상 빚을 지고 있는 상황에서는 상대에게 함부로 하지 못한다.

비도쾌의 주인인 주소옥 몰래 그것을 지니고 있었으며, 지금까지 말할 기회가 수차례 있었음에도 불구하고 입을 꾹 닫고 시치미를 떼고 있다가 들켰으니 쾌도비만 얍삽한 놈이 돼 버리고 만 것이다.

그것은 엄연한 도둑질이기에 쾌도비로서는 입이 열 개라도 변명의 여지가 없다.

그렇지만 들판에서 통천방 무사 삼십이 명을 죽인 이후로 주소옥은 비도쾌에 대해서 일언반구도 없었다. 그것이 오히려 쾌도비를 더 찜찜하게 만들었다.

주소옥이 거기에 대해서 탁 까놓고 뭐라고 하든지, 아니면 비도쾌를 돌려달라든지, 그것도 아니면 쾌도비를 나쁜 놈이라고 욕이라도 하면 이쪽에서도 어떻게든 대응을 할 텐데, 아무 일도 없었다는 듯 잠자코 있으니까 쾌도비로서는 께름칙해서 더 죽을 맛이다.

쾌도비는 동북쪽으로 하루 종일 쉬지 않고 줄곧 산속으로만 달려서 귀양성으로부터 백오십여 리 떨어진 평월현(平越縣)이라는 곳 인근에 이르렀다.

그가 저 멀리 보이는 평월현을 지나치려고 하자 그제야 비로소 주소옥이 오랜만에 입을 뗐다.

"배고파."

평월현은 어느 강가에 위치해 있었으며, 쾌도비는 이름 모를 산의 언덕 위에서 걸음을 멈추고 먼 곳의 평월현을 묵묵히 바라보았다.

"목욕도 하고 싶고 또 옷도 사야겠어."

주소옥은 쾌도비의 어깨 너머로 평월현을 응시하며 말을 이었다.

목욕은 그렇다 치고 하다못해 그녀에게 제대로 된 옷이라도 구해서 입혀야겠다고 쾌도비는 생각했다.

"그럼 내 말대로 하겠소?"

"알았어."

그녀는 쾌도비가 뭘 어떻게 하려는지도 모르고 순순히 대답했다.

평월현 쪽으로 흐르는 어느 강의 상류 가장자리 납작한 바위에 주소옥이 앉아 있고 그 옆에 쾌도비가 비도쾌를 쥐고 서 있다.

"꼭 머리카락을 잘라야만 돼?"

주소옥은 두 손을 무릎에 모은 채 새초롬한 얼굴로 작게 저항했다.

"자르지 않으면 현에 들어가지 않겠소."

"알았어. 마음대로 해. 머리카락이야 또 자랄 테니까."

주소옥은 체념한 듯 허리를 꼿꼿하게 펴면서 고개도 바짝 세웠다. 그 바람에 제법 풍만한 젖가슴이 출렁출렁 요동을 쳤다.

그녀는 자신의 오른쪽 젖가슴이 찢어진 옷 밖으로 송두리째 돌출되었다는 사실을 잊고 있다가 깜짝 놀랐다.

하지만 호들갑을 떨지 않고 느리고 우아한 동작으로 찢어진 옷을 잡아당겨서 가슴을 여몄다.

어차피 쾌도비는 그녀의 젖가슴을 여러 차례 보았을 텐데 이제 와서 새삼스럽게 호들갑을 떠는 것은 더 남우세스러운 꼬락서니다.

스슥… 삭…….

쾌도비는 비도쾌로 주소옥의 머리카락을 손 가는 대로 자르기 시작했다.

거리의 십대 소년 같은 더벅머리를 만드느라 사정을 봐주지 않고 아주 짧게 잘랐다.

머리카락에 대해서 포기한 주소옥은 눈을 감은 채 두 손으로 가슴을 여미고 가만히 있었다.

비도쾌가 움직일 때마다 긴 머리카락이 뭉텅뭉텅 머리에서 떨어져 나가 바닥에 떨어지는 것이 느껴졌다.

한 명의 청년이 평월현 거리로 들어서고 있다. 그리고 청년의 등에는 더벅머리에 얼굴이 매우 작은데다 숯검정이 잔뜩 묻은 소년이 업혀 있었다.

두 사람은 쾌도비와 소년으로 변장한 주소옥이다. 쾌도비는 주소옥의 머리를 짧은 더벅머리로 만든 것으로도 모자라서 숯검정을 얼굴에 덕지덕지 발라서 완전히 딴 얼굴로 만들어 버렸다.

그녀를 더벅머리로 만들어놓고 보니까 얼굴이 너무 하얗고 아름다워서 사람들 눈에 너무 띌 것 같았다. 그래서 얼굴에 숯검정까지 묻힌 것이다.

쾌도비는 긴 머리카락을 틀어 올려서 정수리에서 질끈 묶었고, 이마에는 문사건을 두른 평범한 모습이다. 또한 유난히 눈에 띄는 창룡도의 도파에 천을 칭칭 감아서 가렸다.

그의 용모는 대단히 준수한 미남자는 아니지만 그래도 잘생긴 편에 속했다.

그보다는 강퍅하고 강인하며 강파른 인상이 보는 이의 눈을 사로잡는다.

그것은 후천적으로 이루어진 용모인데 그의 삶이 너무도 험난했던 탓이다.

그래서 누구라도 그를 보면 절대로 귀공자라고는 생각하지 않을 것이다.

어쨌든 이 두 사람은 거리에서 어느 누구의 시선도 끌지 않는데 성공했다.

이들의 모습은 마치 다정한 형제로서 형이 어린 동생을 업고 여행을 하는 것처럼 보였다.

또 한 가지 다행스러운 것은 평월현 거리에는 강호인의 모습이 거의 보이지 않는다는 사실이다.

이따금 눈에 띄는 무사는 이 지역 방파에 소속된 졸개거나 떠돌이 무사로 보였다.

삭월부나 통천방 등 자봉공주를 암살하려는 무리가 아직 이곳까지는 오지 않은 것이 분명했다.

하긴 아까 이른 아침에 초원에서 쾌도비가 통천방 일개 향을 깡그리 전멸시킨 직후에 전력으로 이곳까지 달려왔으니까 그의 존재조차 모르는 추격대는 아직도 귀양성 북쪽 산속을 뒤지고 있을 것이다.

자봉공주가 쾌도비하고 함께 있다는 사실은 전혀 알려져 있지 않으며, 그것이 두 사람에겐 유일한 희망이며 큰 위안거리가 됐다.

만약 탈명도 쾌도비가 자봉공주를 호위하고 있다는 사실이 밝혀진다면 지금처럼 이런 거리를 자유롭게 활보하는 일 같은 것은 어림도 없는 일이다.

그 사실이 끝까지 밝혀지지 않아야 그가 주소옥하고 헤어지더라도 심신이 편안할 것이다.

쾌도비는 제일 먼저 옷 가게로 가서 주소옥이 입을 두툼한 겨울용 남자 옷과 그녀의 가슴을 동여맬 천을 조금 사고 나서 객잔으로 향했다.

쾌도비는 목욕통이 딸린 객방 하나를 얻었다. 그녀에게 옷을 갈아입혀야 하기 때문인데, 그럴 바에는 아예 목욕까지 시키자고 생각했다.

그는 오랫동안 밥을 먹지 못한 그녀가 배고플까 봐 요리부터 시키려고 했더니 그녀는 한사코 목욕부터 하겠노라고 고집을 피웠다.

허기는 참을 수 있지만 몸이 더럽고 끕끕한 것은 도저히 견딜 수 없다는 것이다.

쾌도비는 일 년 내내 씻지 않고는 살 수 있어도 배고픈 것은 견디기가 어려운데 황족이나 귀족 같은 족속은 참 별난 인간들이다.

그는 아래층 주방에서 이 층 객방까지 끓는 물을 몇 번이나 날라서 목욕통을 가득 채웠다.

그런 일은 객잔의 점소이가 해줄 수도 있으나 주소옥의 모습이 드러날까 봐 그가 직접 했다.

그런데 문제는 거기에서부터 일어났다. 쾌도비는 그녀가 목욕을 할 동안 이것저것 볼일도 좀 볼 겸 해서 거리로 나가려고 했었다.

그런데 그녀는 가당치도 않은 요구를 했다. 자신의 목욕 시중을 들어줄 여자를 한 명 구해오라는 것이다.

그건 말도 되지 않는 요구다. 목욕 시중 들 여자를 구하려 했다면 힘들게 그녀의 머리카락을 자르지도 숯검정을 얼굴에 바르지도 않았을 것이다.

변장을 한 이유는 남의 눈에 띄지 않기 위해서였다. 그런데 목욕 시중을 들 여자를 불러오면 그녀가 벙어리가 아닌 다음에야 목욕 시중을 끝내고 나가서 가만히 있겠는가.

분명히 여기저기 떠들고 다닐 테고 그럼 볼 장 다 보는 것이다. 설사 벙어리라고 해도 의사소통을 하는 방법이 말만 있는 것이 아니다.

"죽이면 되잖아."

주소옥은 아주 태연하게 말했다. 그녀는 사람의 목숨을 벌레처럼 아는 것 같았다.

한낱 목욕 때문에 사람을 죽이라고 하다니, 쾌도비는 그녀에게 오만 정이 다 떨어졌다.

그는 더 이상 그녀를 상대하지 않고 객방을 나갔다.

"알아서 하시오."

탁!

쾌도비는 볼일을 보고 한 시진 후에 객방으로 돌아왔다.

이곳 평월현의 하오문 두 군데에 들른 후에 한 사람을 만나고 온 것이 전부다.

뭘 좀 더 알아보고 싶었으나 이곳에 있는 하오문들은 그가 원하는 정보 비슷한 것도 갖고 있지 않았다.

그가 돌아온 객방에서는 그의 예상이 철저하게 빗나간 일이 기다리고 있었다.

주소옥이 그가 나갈 때하고 똑같은 자세로 침상 가에 오도카니 걸터앉아 있었다. 찢어진 옷을 입고 숯검정을 칠한 그대로의 모습이었다.

혼자 놔두면 제 스스로 알아서 목욕을 할 것이라고 생각한 쾌도비의 예상이 틀렸다.

"왜 목욕을 하지 않았소?"

"말했잖아. 나는 혼자 목욕해 본 적 없어."

주소옥은 뾰로통한 얼굴로 새침하게 대꾸했다. 목욕을 하지 못한 것이 쾌도비 탓이라는 것 같았다.

그는 한쪽에 있는 새로 산 옷을 그녀 옆에 내려놓았다.

"그럼 옷이라도 갈아입으시오."

"목욕을 하지 않고는 갈아입지 않겠어. 그리고 나는 혼자 옷을 벗거나 입은 적이 한 번도 없었어."

쾌도비는 이런 종류의 인간, 아니, 자신에게 이런 식으로 말하는 사람을 생전 처음 보았다.

그는 웬만한 일로는 놀라거나 당황하거나 짜증을 내지 않는 성격이다.

설혹 그랬다고 해도 감정을 겉으로 드러내지 않는다. 지금 주소옥의 행동은 그를 조금 귀찮게 할 뿐이지 감정을 건드리는 정도까지는 아니었다.

한마디로 그는 천만 년 동안의 모진 풍우(風雨)를 견뎌낸 거대한 바위 같은 존재다.

그러므로 감정적으로 그를 쓰러뜨리거나 흠집을 내는 것은 쉽지 않은 일이다.

주소옥은 쾌도비가 자신의 앞에 우뚝 서는 것을 보고 뭔가 새로운 일이 시작되려 한다는 느낌을 받았다.

"잠시 후에 이곳에 누군가 올 것이오."

그가 이곳 하오문 두 군데를 방문한 후에 만난 사람이 온다는 뜻이다.

"누구지?"

"누군 것은 알 것 없고, 그가 공주를 곤명까지 호위해 줄 것이오. 변장을 잘하고 가면 별일은 없을 것이오."

그는 믿을 만한 세 명의 무사에게 그런 부탁을 하면서 은자 오십 냥을 주겠다고 했었다.

은자 오십 냥이면 웬만한 방파에 소속된 무사의 석 달 녹봉

이므로 그들은 흔쾌히 승낙했었다.

쾌도비는 주소옥의 머리를 더벅머리로 만들고 얼굴에 숯검정을 칠한 뒤 남자 옷을 입혀서 곤명으로 보내면 추격대의 눈을 속일 수 있을 것이라고 믿었다.

"……."

감정을 거의 드러내지 않는다는 점에서 주소옥은 쾌도비와 많이 닮았다.

그녀는 신분과 교육에 의해서, 그리고 쾌도비는 천성과 경험에 의해 그리되었다는 것이 다를 뿐이다.

쾌도비는 떠날 것을 예고하는 것이고, 주소옥은 버림받음을 통보받고 있는 중이다.

그런데도 그녀는 눈이 약간 커졌을 뿐 곧 냉정한 표정을 지었다.

"나는 곤명으로 돌아가지 않는다."

그녀는 지금까지보다 더욱 단호한 표정으로 잘라 말했다.

"나를 곤명으로 돌려보내려면 차라리 죽어야 할 거야."

"나는 이미 할 만큼 했소."

이미 생각이 정리된 쾌도비의 말은 냉랭했다.

실내에는 어색하고도 무거운 침묵이 흘렀다. 쾌도비는 우뚝 서 있지만 당장에라도 객방을 나갈 듯한 기세이고, 주소옥은 버림을 받는 입장이면서도 도도하고 오만하게 꼿꼿한 자세로 앉아 있었다. 네까짓 게 나를 버려? 어디 버릴 테면 버려 봐라. 하는 태도다.

"네가 천하를 떠도는 목적이 무엇이냐?"

이윽고 주소옥이 침묵을 깼다. 그녀는 쾌도비에 대해서 알고 있는 것이 거의 없지만 그가 지금까지 보여준 언행과 성격을 겪어보고 나름대로 짐작을 했다. 그가 어떤 목적을 위해서 천하를 유랑하고 있다고 말이다. 그처럼 능력 있는 사람이 한 곳에 붙박여 있지 않고 떠도는 데에는 그만한 이유가 있을 것이기 때문이다. 그런 점에서 그녀는 참으로 총명한 사람이다.

주소옥은 자신의 물음에 대해서 쾌도비가 대답하지 않을 것이라는 사실을 짐작했다.

어차피 처음부터 대답을 원한 것은 아니었다. 그녀는 조용히 말을 이었다.

"만약 내가 너에게 그 목적을 포기하라고 한다면 그럴 수 있겠느냐?"

쾌도비에겐 말도 되지 않는 소리다. 만약 주소옥이 그걸 강요한다면 그녀를 죽여 버릴 수도 있다.

"내게도 그런 목적이 있다."

쾌도비는 그녀의 목적이 낙양 천절문에 가는 것이라고 총교 운능위에게 들었다.

하지만 아는 체하지 않았다. 그러면 얘기가 길어질 것이고 또 그는 남의 일에 참견하는 것도 누가 자신의 일에 간섭하는 것도 질색하는 성격이다.

그러나 그녀의 말은 옳다. 쾌도비에게는 누나의 유언을 지켜야만 하는 사명이 있는데 그것을 못하게 하면 그 즉시 칼부림이 날 것이다.

그녀는 그런 사명이 자신에게도 있다는 것이다. 그리고 지금 쾌도비가 그것을 못하게 훼방하고 있다.

"알았소. 곤명으로 가라고 하지 않겠소."

"과연 너는 말귀를 금세 알아듣는구나."

슥…….

쾌도비는 어깨에서 창룡도를 풀고 이어서 품속에서 비도쾌를 꺼내 주소옥 옆에 내려놓고는 그대로 뒤돌아서 문으로 걸어갔다.

주소옥은 쾌도비의 뜻을 즉시 깨달았다. 주소옥의 물건을 다 돌려주었으니 서로 간에 아무런 빚이 없다는 것이고, 그래서 홀가분하게 떠나겠다는 뜻이다.

"쾌도비."

그녀가 부르는 데도 그는 걸음을 멈추지 않았다.

"나를 떠나더라도 창룡도와 비도쾌를 갖고 가라. 내겐 그다지 필요 없는 물건들이다."

뚝.

방금 그 말은 쾌도비의 걸음을 멈추게 하기에 충분했다. 비도쾌와 창룡도처럼 훌륭한 물건에 대해서 그녀는 지금까지 한마디도 하지 않았으며 쾌도비가 비도쾌를 갖고 있었다는 사실에 대해서도 묵인하고 있었다.

그런데 지금은 헤어지더라도 그것들을 갖고 가라고 말하는 것이다.

마치 처음부터 이 물건들은 네 것이었다고 말하는 듯했다. 그가 고개를 돌리고 쳐다보자 그녀가 차분하게 말했다.

"널 붙잡자는 것이 아니다. 이것들을 갖고 너 가고 싶은 곳으로 가거라."

예상하지 못했던 상황에 쾌도비는 '그럼 공주는 어쩔 셈이오?' 라는 말이 목구멍까지 솟구쳤으나 꾹 참았다. 그리고 그대로 객방을 나왔다.

'이제 됐다.'

바윗덩이를 내려놓은 것 같은 후련함이 찾아왔다.

*　　　*　　　*

이틀 후 쾌도비는 평월현에서 동북쪽으로 삼백여 리 떨어진 진원현(鎭遠縣)을 이십여 리 남겨둔 관도 상을 달려가고 있는 중이었다.

그때 앞쪽에서 한 무리의 무사가 이쪽으로 마주 달려오고 있는 광경이 보였다.

대부분 황의 경장을 입었으며 간혹 홍의나 녹의 경장을 입은 자도 보였는데 무리의 조장이나 향주 따위 중간 지휘자인 듯했다. 그리고 그들은 한방파의 무사인 것 같았다.

관도를 오가는 행인들은 그들의 기세에 놀라서 모두 관도 양쪽으로 황급히 비켜섰으며 쾌도비도 행인들 틈에 섞여들었다.

대략 이백여 명의 황의 무사가 지나가고 나서 이번에는 또 다른 복장의 무사들이 뒤따랐고, 마지막으로 세 번째 방파의 무사들이 먼지를 일으키며 달려갔다. 세 방파의 무사 수는 도합 오백여 명에 달했다.

쾌도비는 저들이 진원현에 있는 방파의 무사이며 주소옥을 죽이려고 출동하는 것이라고 추측했다.

미상불 진원현의 방파가 모조리 출동하는 것 같았다. 주소옥은 운남성의 최고 실력자인 남령왕의 딸이며, 당금 황제의 친조카인데 이렇게 벌건 대낮에 수많은 무사가 드러내 놓고 그녀를 죽이려고 날뛰어도 되는 것인지 영문을 알 수가 없었다.

세상 사람이 죄다 주소옥을 죽이려고 혈안이 되어 미쳐 버린 것 같았다.

왠지 주소옥은 몰락한 황족의 공주 같다는 생각이 들었다. 그녀 자신은 진짜 공주인 것처럼 오만하고 도도하지만 북경 자금성에 사는 공주하고는 다를 것이다.

누가 공주를 백주대낮에 사냥을 하듯이 몰면서 대놓고 죽이려 한다는 말인가.

그래서 쾌도비는 주소옥이 살았던 곤명 남령부가 왕부(王府)가 아닌 유배지 같다는 생각이 문득 들었다.

일부러 그녀를 생각하려고 한 게 아니라 오백여 명의 사냥꾼이 그녀를 죽이러 먼지를 일으키면서 우르르 몰려가는 것을 보고 불현듯 든 생각이다.

머릿속에 갑자기 떠오르는 생각까지 그가 어떻게 할 수 있는 것은 아니다.

주소옥은 도대체 무엇 때문에 위험을 무릅쓰고 낙양 천절문에 가려는 것인가. 그리고 대체 누가 그녀의 수급을 원하고 있다는 말인가.

거기까지 생각하던 쾌도비는 고개를 가볍게 흔들고 나서 아직도 먼지가 가라앉지 않은 관도를 행인들에 섞여서 걸어가기 시작했다.

쾌도비가 성이나 현에 당도하면 제일 먼저 들르는 곳이 하오문이다.

그는 이곳 진원현에서도 예외 없이 박도둔(朴刀門)이라는
하오문에 찾아갔다.

자봉공주의 수급을 기다리는 팔신궁의 무극사신이 악양
호천루라는 기루에 머물고 있다는 사실을 알고 있지만, 그래
도 무극사신에 대해서 뭔가 건질 것이 있나 싶어서 들르는 현
마다 은자 몇 푼을 던져주고 물어보는 것이다.

그런데 진원현에서 제일 규모가 크다는 박도문에는 달랑
한 명의 하오문도만이 문파를 지키고 있었다.

"다들 어디 갔느냐?"

쾌도비는 제법 그럴싸한 전각 앞 돌계단에 졸린 표정으로
앉아 있는 이십대 후반의 길쭉한 얼굴을 지닌 하오문도에게
물었다.

그는 하오문도를 존중하지 않는다. 존중받을 짓을 하지 않
기 때문에 나이를 처먹었든 어리든 싸잡아서 인간 말종 취급
을 한다.

"그건 왜 묻는 거요?"

그러면 하오문도들은 백이면 백 알아서 설설 긴다. 천하 어
디에서도 통하는 처세술이다. 강자 앞에서는 굽히고 약자 앞
에서는 큰소리 떵떵 치는 것은 비단 하오문도들만이 아니라
대게 다 그렇다.

그러므로 쾌도비는 일단 무조건 강하게 나간다. 그러다가

상대가 강하게 나오면 기죽지 않고 더 강하게 밀어붙인다. 그러면 대부분 다 꼬리를 내리게 되어 있다. 그의 기를 죽일 만한 인물은 아직까지 없었다. 그것은 그의 천성과 오랜 경험이 합쳐져서 생긴 성격이다.

"죽고 싶으냐?"

쾌도비는 슬쩍 인상을 쓰며 으름장을 놓았다. 하오문도들은 대부분 이 한마디면 풀썩 엎어져서 이실직고한다. 물론 상대를 봐가면서 말이다.

"아이고 나리… 소인은 모릅니다요."

과연 하오문도는 쾌도비의 서슬에 놀라서 그 자리에 풀썩 무릎을 꿇고 머리를 조아렸으나 그래도 끝까지 대답은 하지 않았다.

쾌도비는 분명히 뭔가 있다고 직감했다. 이 정도 규모의 하오문이면 최소한 오십여 명의 하오문도를 거느리고 있을 텐데 한 명도 보이지 않는 것이 이상했고, 이곳에 남은 한 명마저도 행동거지가 영 수상쩍었다.

그렇다고 해서 하오문 따위가 주소옥을 죽이는 일에 가담했을 리는 없다. 이것은 그것과는 별개의 일이다. 쾌도비는 냄새를 기막히게 맡는다.

캐물어서 대답을 듣는다고 해도 쾌도비하고는 전혀 상관이 없을 가능성이 크다.

하지만 세상일이란 모르는 것이다. 전혀 기대하지 않다가 대어를 건질 수도 있다.

창!

"이놈! 목을 잘라야 정신을 차리겠구나."

"아앗! 마, 말씀드리겠습니다! 나리!"

쾌도비가 새로 산 대감도를 어깨에서 뽑으며 서슬 퍼렇게 으름장을 놓자 하오문도는 아기가 경기를 일으키는 것처럼 혼비백산해서 소리쳤다.

얘기를 듣는 내내 쾌도비는 가볍게 미간을 좁히고 있다가 하오문도가 설명을 끝내자마자 그자에게 가볍게 발길질을 했다.

퍽!

"끅!"

그의 발끝에 가슴팍을 가볍고도 짧게 적중당한 하오문도는 수레바퀴에 밟힌 개구리 같은 소리를 내면서 뒤로 붕 날아가 전각 벽에 부딪쳤다가 바닥에 나동그라져서 온몸을 부들부들 떨더니 곧 축 늘어졌다.

죽은 것이 아니라 잠시 혼절했다. 쾌도비는 기분 내키는 대로 함부로 살인을 하지 않는다. 만약을 위해서 하오문도를 잠시 혼절시킨 것뿐이다.

급히 진원현을 나온 쾌도비는 왔던 길을 다시 되돌아가기 시작했다.

조금 전 그는 박도문에 혼자 남은 하오문도에게 기가 막힌 말을 들었다.

박도문의 문주 이하 오십여 명의 하오문도가 모두 강도짓을 하러 떠났다는 것이다.

이틀 전에 박도문으로 평월현에서 날아온 한 마리 전서구가 당도했었다.

전서구가 전한 서찰에는 엄청난 돈을 벌 수 있다는 내용이 적혀 있었다.

내용인즉, 평월현 장영표국(長榮鏢局)에서 어제 낙양으로 가는 표행단(鏢行團)이 출발했으며, 표물은 사람이고 큰 궤짝에 넣어서 짐처럼 위장하여 운송하는데, 박도문더러 수단과 방법을 가리지 말고 표행단을 습격하여 그 사람이 지니고 있는 물건을 탈취하라는 것이다.

내용은 그것만이 아니다. 그 물건은 한 자루 도인데 그 도의 도파에는 하나만 팔아도 성 한 채를 살 수 있는 커다란 보석이 줄줄이 박혀 있다는 사실이다.

쾌도비는 여기까지 설명을 듣고 어떻게 된 일인지 확연하게 짐작할 수 있었다.

남령부에서만 고이 자란 주소옥이지만 표국이라는 곳이 돈을 받고 물건을 먼 곳까지 운송해 준다는 것에 대해서는 알고 있었던 모양이다.

그녀는 평월현의 장영표국에 자신을 낙양까지 운송해 달라고 요구한 것이 분명했다.

그녀가 돈이 있는지 없는지는 쾌도비도 모른다. 어쨌든 그녀는 추격대에게 발각될 것을 우려하여 자신을 표물처럼 궤짝에 넣어서 위장하여 운송하라고 주문할 만큼 치밀함을 잊지 않았다.

그런데 이곳 진원현 박도문에 그녀가 갖고 있는 물건을 강탈하라는 전서구가 날아왔다는 것이다.

그녀의 물건이라면 비도쾌와 창룡도 두 개뿐이다. 그렇다면 그것의 가치를 알고 있는 자가 일을 벌이고 있는 것이 분명할 터이다.

그 사실을 알고 있는 장영표국의 누군가 박도문에 알렸을 것이다.

어쨌든 그런 사실을 몰랐으면 모르되 알게 된 이상 쾌도비로서는 모른 체하기가 어려웠다.

그렇지 않아도 그녀를 평월현의 객잔에 내버리듯이 두고 온 것이 조금쯤 께름칙했었다.

그녀에게 어떤 사사로운 감정이 있어서가 아니라, 비도쾌와 창룡도를 주고 오면 과연 자신의 책임은 다 한 것인지 하는 책임 소재의 의문 때문이다.

물건은 주고 왔지만 거기에 얽힌 사연이 그저 주고 온다고 끝날 만한 일이 아닌 것 같아서다.

박도문에 도착한 전서구의 서찰에는 어디에서 공격하면 좋을 것이라는 상세한 내용까지 적혀 있었다.

그 장소는 진원현에서 서쪽으로 십오 리 거리에 있는 강가의 송림(松林), 소나무 숲이다.

관도 옆에 꽤 울창한 송림이 있으며 표행단이 그곳에서 점심 식사를 하느라 잠시 휴식을 취하고 있을 때 매복하고 있다가 급습을 하라는 것이다. 어떻게 거기에서 휴식을 취할 것까지 알고 있는지도 의문이다. 아마도 표행단 중에 한 명이 첩자인 것 같았다.

쾌도비는 비조행을 전개하여 전력으로 관도를 달리면서 하늘을 올려다보았다.

태양이 떠 있는 위치로 봤을 때 정오로부터 반 시진 정도 지난 시각이다. 그렇다면 이미 박도문이 표행단을 급습했을 것이다.

차차차창…….

그때 그가 달려가고 있는 이백여 장 전방의 왼쪽 송림 속에서 무기끼리 부딪치는 소리가 흘러나오고 있었다.

쾌도비가 하늘을 찌를 듯 솟은 수천 그루의 소나무가 숲을 이루고 있는 송림 입구에 도착했을 때에는 치열한 아비규환의 싸움이 벌어지고 있는 중이었다.

관도에서 송림 안으로 이어진 오솔길 안쪽에는 한 대의 수레가 옆으로 쓰러진 상태로 있으며, 싸움은 수레를 중심으로 벌어지고 있었다.

흑의에 복면을 한 자가 삼십여 명이고, 결사적으로 수레를 지키려는 표사와 쟁자수가 다섯 명이었다.

일견하기에도 흑의 복면인은 습격하는 박도문 패거리고 표사와 쟁자수는 장영표국 사람이 분명했다.

바닥에는 다섯 명의 표사와 쟁자수들이 쓰러져 있으며, 흑의 복면인, 즉 박도문의 하오문도는 이십여 명이나 쓰러진 상황이다.

표사와 쟁자수 다섯 명을 죽이려고 하오문도 이십여 명이 목숨을 바쳤다.

표사와 쟁자수가 하급무사라고는 하지만 하오문도보다는 훨씬 강하기 때문이다.

남은 하오문도 삼십여 명이 살아 있는 표사와 쟁자수 다섯 명을 모두 죽이려면 상당한 대가를 치러야 할 것 같았다. 결국 마지막에는 박도문이 이길지도 모르지만 과연 몇 명이나 살아남을지 미지수다.

애초부터 이것은 무모한 습격이었는지도 모른다. 계학지욕(谿壑之慾), 과연 인간의 욕심이란 끝이 없고 또 더럽기 짝이 없다.

"흐악!"

그런데 장영표국 표사 중 한 명이 느닷없이 자기편 한 명의 표사를 뒤에서 목을 베어버렸다.

그게 다가 아니다. 그자는 이어서 남아 있는 쟁자수 세 명 중에 한 명의 옆구리를 찔러서 쓰러뜨렸다.

남은 쟁자수 두 명은 같은 편이며 윗사람인 표사가 동료들을 죽이는 것을 보고 혼백이 달아날 정도로 놀라 어쩔 줄을 모르고 우두커니 서 있을 뿐이다.

그때 하오문도들이 벌 떼처럼 달려들어 남은 두 명의 쟁자수를 난도질하여 죽여 버렸다.

우두머리 박도문주가 자신의 동료들을 죽인 표사에게 다가가서 어깨를 두드리며 껄껄 웃었다.

"하하하! 수고했소! 맹 형!"

표사는 도에 묻은 피를 죽은 표사의 옷에 슥슥 문질러서 닦으며 씩 웃었다.

"별거 아니오."

그가 바로 박도문에 전서구를 보낸 자로서 이따금 이런 구
미가 당기는 일로 박도문주와 공생하는 관계를 유지하며 짭
짤한 수입을 챙기고 있다.

박도문주는 복면을 벗으면서 수레가 옆으로 쓰러진 탓에
지면에 나뒹굴어 있는 여러 개의 똑같은 모습의 흑갈색 나무
궤짝으로 걸어가며 득의하게 웃었다.

"호호호… 맹 형 말대로 별로 어렵지 않군."

그는 수하가 이십여 명이나 죽은 것에 대해서는 눈 하나 까
딱하지 않고 오로지 궤짝이 수중에 들어왔다는 사실만 중요
한 것 같았다.

사실 거리에는 할 일 없는 건달이 발길에 채일 정도로 많으
므로 박도문주의 말 한마디면 그들을 하오둔도로 만드는 것
은 간단한 일이다.

"모두 열어라."

그의 명령에 복면을 다 벗은 하오문도들이 희희낙락하면
서 여러 개의 궤짝에 달려들어 분주하게 쇠망치로 궤짝의 자
물쇠를 부수고 뚜껑을 열었다.

끼이이…….

궤짝들은 물건처럼 보이게 하기 위해서 철저히 위장했으
며 모두 자물쇠가 채워져 있었다. 실제로 궤짝 하나에만 사람
이 들어 있으며 나머지 것들은 그릇 같은 잡동사니 물건이 담

겨 있었다.

"으악!"

그런데 갑자기 누군가 궤짝 뚜껑을 열다가 단말마의 비명을 지르면서 비틀거리며 물러났다. 어느 궤짝을 열었는데 안에서 갑자기 도가 튀어나와 궤짝을 열던 하오문도의 목을 찔러 버린 것이다.

궤짝에 숨어 있다가 창룡도를 두 손으로 움켜쥐고 젖 먹던 힘을 다해서 하오문도를 찌른 주소옥은 추호도 겁먹지 않은 표정으로 차갑게 주위를 둘러보며 외쳤다.

"누구든지 접근하면 죽여 버릴 거야!"

박도문주와 표사, 하오문도들은 궤짝 안에 일어서 있는 더벅머리에 얼굴에는 숯검정을 칠한 주소옥 주위로 우르르 몰려들었다.

"죽여라!"

박도문주가 귀찮다는 듯이 짧게 명령했고 하오문도들이 일제히 주소옥에게 도를 휘둘렀다.

주소옥은 방금 누구든지 접근하면 죽이겠다고 으름장을 놓던 서슬 퍼런 모습과는 달리 자신을 향해 여러 자루의 도가 쏟아지자 안색이 창백하게 변했다.

이제야말로 자신의 목숨이 끝이라는 사실이 온몸으로 느껴졌기 때문이다.

파파팍…….

"끅……."

"캑……."

그런데 그 순간 주소옥을 향해 도를 휘두르던 가장 앞쪽의 하오문도 세 명이 느닷없이 동작을 뚝 멈추는가 싶더니 한쪽 방향으로 퉁겨 날아가며 답답한 신음을 터뜨렸다.

파파팍…….

"흐윽!"

"큭……."

뒤이어 주소옥을 공격하던 또 다른 세 명이 똑같이 신음을 흘리며 날아갔다.

박도문주와 표사, 하오문도들은 귀신에 홀린 듯 혼비백산한 표정으로 급히 두리번거리다가 관도 쪽에서 이쪽으로 비조처럼 빠르게 달려오고 있는 쾌도비를 발견했다.

쾌도비의 손에는 한 움큼의 솔잎 더미가 쥐어져 있었다. 방금 그는 달려오면서 솔잎을 던져 하오문도 여섯 명을 거꾸러뜨린 것이다.

박도문주와 하오문도들은 무서운 속도로 달려오고 있는 쾌도비를 우두커니 선 채 멀거니 바라보면서 완전히 얼이 빠져 버린 얼굴이다.

그들은 쾌도비가 솔잎을 발출했다는 사실을 모르기 때문

에 그가 어떤 신적인 수법을 발휘했다고 착각했다.

그러나 설혹 솔잎을 발출했다는 사실을 알았다고 해도 놀라움에는 별로 큰 차이가 없을 것이다. 한낱 하오문도들에게는 그거나 이거나 다 경이로운 일이니까 말이다.

제일 먼저 정신을 차린 건 박도문주다. 그는 쾌도비가 삼장여까지 쏘아오자 퍼뜩 정신을 차리고 도저히 그를 이길 재간이 없다는 판단과 함께 뒤로 몸을 돌려 냅다 도망치기 시작했다. 큰돈을 버는 것도 좋지만 목숨하고 바꿀 수는 없는 노릇이다.

그러자 수하들도 쾌도비가 쏘아오는 방향을 제외한 여러 방향으로 우르르 흩어져서 도망쳤다.

오로지 표사 혼자 경악하는 얼굴로 수레 옆에 우두커니 서 있을 뿐이다.

팍!

"큭!"

박도문주는 채 열 걸음도 가지 못해서 뒤통수에 솔잎이 꽂혀 앞으로 고꾸라졌다.

쾌도비는 아직 주소옥이 있는 곳까지 이르지 못한 상황에서 왼손에 쥐고 있는 한 움큼의 솔잎을 빠른 동작으로 오른손에 하나씩 나눠 쥐면서 도망치는 하오문도들을 향해 부지런히 던졌다.

뒤쪽에서 도망치던 하오문도들이 우르르 쓰러졌으나 앞서 도망치던 자들은 우거진 소나무에 가려져서 솔잎을 던져 맞추는 것이 불가능해졌다.

그렇다면 이제는 일일이 한두 명씩 직접 쫓아가서 죽이는 수밖에 도리가 없다.

그들을 살려둘 수는 없다. 궤짝에서 나오는 주소옥을 봤기 때문이다.

그녀가 자봉공주인지 모를 테지만 그런 소문이 돌다가 추격대 귀에 들어가면 의심을 받기 십상이다.

주소옥 옆에 혼자 서 있는 표사의 표정이 복잡하게 수시로 변했다.

손만 뻗으면 주소옥의 창룡도를 뺏을 수 있는데 그 욕심을 버리지 못하는 것이다.

그는 쾌도비를 뚫어지게 주시하다가 그가 하오문도를 죽이느라 정신이 팔린 것을 보고 재빨리 주소옥을 향해 도를 휘둘러 그녀의 목을 베어갔다.

"앗!"

주소옥은 소스라치게 놀라서 두 손으로 쥔 창룡도를 앞으로 내밀며 두 눈을 질끈 감았다.

째앵!

그러자 표사가 휘두른 도가 창룡도에 부딪쳐서 두 동강이

나버렸다.

파파팍!

“큭!‘

그와 동시에 쾌도비가 날린 한 무더기의 솔잎이 표사의 얼굴에 고슴도치처럼 수북하게 꽂혔다.

“아아…….”

겨우 눈을 뜬 주소옥은 표사의 얼굴을 보고는 놀라서 눈을 동그랗게 떴다. 그녀가 지켜보고 있는 가운데 표사는 옆으로 픽 쓰러졌다.

쾌도비는 주소옥에게 곧장 오지 않고 도망친 하오문도들을 뒤쫓아 갔다가 반각쯤 후에 돌아왔다.

도망친 하오문도들을 한 명도 남김없이 죽였을 뿐만 아니라 솔잎을 맞고 아직 죽지 않은 자들까지 일일이 한 명씩 다 확인을 하여 죽였다.

“쾌도비…….”

저승의 문턱을 넘다가 구사일생 살아난 주소옥은 자신의 앞으로 걸어와 우뚝 선 쾌도비를 바라보는데 그녀도 모르게 저절로 눈물이 글썽거렸다.

쾌도비는 두 손을 뻗어 그녀의 양쪽 겨드랑이 아래에 손을 찔러 번쩍 안아서 궤짝 밖으로 꺼내주었다.

주소옥은 참으로 단순했다. 그녀 딴에는 꾀를 내서 이런 방

법을 사용하면 낙양까지 능히 갈 수 있을 것이라고 확신했었
다.

　그러나 세상은 그녀가 생각하는 것만큼 녹록하지 않았다.
설사 추격대가 아니더라도 세상에는 그녀를 노리는 늑대와
승냥이들이 도처에 널려 있는 것이다.

　쾌도비가 아니었으면 그녀는 이 낯선 송림 속에서 이유도
모른 채 어이없는 죽음을 당했을 것이다.

　아니, 그가 그녀의 목숨을 구해준 것이 이번이 처음이 아니
다. 결국 그녀는 자신이 얼마나 어리석었는지, 그리고 쾌도비
없이는 절대로 낙양 천절문까지 가지 못한다는 사실을 새삼
절감했다.

　그녀는 여기저기 어지럽게 흩어져서 죽어 있는 하오문도
들을 둘러보면서 쓸쓸한 표정을 지었다.

　"이자들도 추격대야?"

　그녀는 박도문 하오문도들을 추격대라고 착각했다.

　"아니오. 창룡도를 노린 것 같소."

　"창룡도를……."

　그녀는 쓸쓸한 표정을 짓더니 두 손으로 꼭 쥐고 있던 창룡
도를 힘없이 손에서 놓았다.

　그러자 창룡도가 그녀의 발등에서 두 치쯤 벗어난 땅에 푹
꽂혔다. 하마터면 발등에 꽂힐 뻔했는데도 그녀는 신경도 쓰

지 않았다.

쾌도비는 땅에 꽂혀서 흔들거리는 창룡도의 도파에 박혀 있던 구슬 중에 하나가 보이지 않는 것을 발견했다.

주소옥은 그의 시선이 창룡도 도파에 머물러 있는 것을 보고 싸늘한 표정을 지었다.

"나쁜 놈들이야. 창룡도에서 금강석 하나를 뽑아서 주었는데도 욕심을 부리다니……."

쾌도비는 주소옥이 창룡도 도파의 구슬 하나를 뽑아서 표행비로 주었다는 사실을 알게 되었다.

하지만 그는 구슬의 진정한 가치를 모르기 때문에 좀 의아한 생각이 들었다.

낙양까지 표행비로는 최소한 은자 천 냥 이상이 들 텐데 장영표국에서 구슬 하나에 표행을 결정했다는 사실이 뜻밖이었다.

"표국에서 표행비를 얼마나 달라고 했소?"

쾌도비가 말을 걸어주자 주소옥은 조금 기쁜 표정을 지었다.

"은자 이천 냥을 달랬어."

칼만 안 든 강도들이다. 주소옥이 어수룩하니까 덤터기를 씌운 것이다.

주소옥은 창룡도 도파에 구슬 하나가 빠진 자리를 굽어보면서 말했다.

"여기 박혔던 금강석 하나는 금화 십만 냥 가치가 나가는 거야. 나머지 것도 다 그 정도 가치는 돼."

쾌도비는 구슬이 그렇게 엄청난 가치가 나갈 줄은 짐작하지 못했었다.

그는 경험이 풍부하지만 값비싼 물건에 대해서는 문외한이나 다름이 없다. 그 자신이 짧은 시간이라도 부자였던 적이 없었기 때문이다.

물론 금강석이나 호박, 마노 같은 보석은 가져본 적도 구경해 본 적도 없었다.

그는 전에 창룡도를 처음 봤을 때 은자 만 냥 가치는 나갈 것이라고 제 딴에는 매우 비싼 값을 매겼었다.

그런데 도파에 박힌 보석 하나의 가치가 금화 십만 냥이라니, 은자로 치면 오백만 냥이다.

도파에 보석이 모두 여섯 개 박혔으니까 자그마치 은자 삼천만 냥이다.

아니, 하나가 빠졌으니까 이천오백만 냥이다. 그렇지만 창룡도의 진짜 가치는 도파가 아니라 칼날에 있다고 쾌도비는 생각했다.

자신을 낙양까지 운송하는데 은자 이천 냥을 달라고 해서 주소옥은 오백만 냥 가치의 보석을 선뜻 빼줬다. 돈의 가치를 잘 몰랐기 때문인데 그것이 화를 부른 것이다.

졸지에 횡재를 한 장영표국에서는 감지덕지해서 운송을 맡기로 했는데, 더 큰 욕심을 부린 표사 한 명 때문에 이 지경이 된 것이다.

그때 갑자기 주소옥이 쾌도비 앞에 무릎을 꿇고 고개를 조아렸다.

"쾌도비, 부탁이야. 제발 나를 낙양까지 데려다줘."

믿을 수 없는 일이 벌어졌다. 황족 자봉공주가 쾌도비에게 부복한 것이다. 쾌도비가 여태까지 만났던 수많은 사람 중에서 주소옥처럼 높은 신분에 또한 오만한 사람은 한 명도 없었다.

그는 강호나 하층민 틈바구니에서 생활하니까 그럴 일이 없는 것이 당연했었다.

어쨌거나 주소옥처럼 자신의 신분에 높은 긍지를 갖고 있으며 다른 사람을 발가락 사이에 낀 때만큼도 여기지 않는 도도한 여자가 무릎을 꿇고 머리를 조아렸다는 사실은 대단한 사건이다.

다른 사람 같으면 이런 경우에 소스라치게 놀라서 펄쩍 뛰며 당황하겠지만 쾌도비는 그녀를 굽어보기만 할 뿐 아무 말도 하지 않았다.

그렇다고 그가 건방져서가 아니라 이런 상황에서는 어떻

게 해야 할지 판단이 서지 않는데다 주소옥의 어떤 진심 같은 것이 전해지는 것을 느꼈기 때문이다.

그녀하고의 인연은 정말 질기게도 이어졌다. 처음 장대비가 퍼붓던 그날 곤명 인근의 전지에서 흑의인들로부터 그녀를 구했을 때부터 지금 이 순간까지 두 사람의 인연은 끊어질 듯하면서도 계속되고 있다.

"나는 반드시 낙양 천절문에 가야만 돼. 그래야지만 부모님과 남령부의 가솔들을 살릴 수가 있어. 안 그러면 그들은 모두 죽게 될 거야."

고개를 숙인 채 간곡하게 말하는 주소옥의 목소리는 젖어 있었다.

쾌도비는 그녀가 이처럼 절박한 모습이었던 것을 한 번도 본 적이 없었다.

또한 그가 지금 주소옥을 뿌리치면 오래지 않아서 또 만나게 될 것 같은 느낌이 들었다. 하지만 그것을 시험해 보고 싶지는 않았다.

이 정도로 질긴 인연이라면 뿌리치는 것은 도리가 아니라는, 어쩌면 이것은 운명 같은 것일지도 모른다는 생각이 설핏 들었다.

주소옥은 입술을 꼭 다물고 고개를 조아린 채 꼼짝도 하지 않았고, 쾌도비도 가타부타 아무 말도 하지 않고 그녀를 굽어보기만 했다.

쾌도비도 주소옥도 지금 자신들이 무엇을 하고 있는 것인지 잊고 잠시 딴생각에 잠겼다.

쾌도비는 누나에 대해서, 그리고 주소옥은 부모님에 대해서 생각하고 있었다.

솨아아…….

한줄기 미풍이 불어와 소나무 잎을 흔들자 두 사람은 똑같이 상념에서 깨어나 현실로 돌아왔다.

"하나만 지키면 낙양까지 함께 가겠소."

오랜 침묵을 깬 쾌도비의 말에 주소옥은 발딱 고개를 들고 그를 우러러보았다.

"뭔데?"

"어떤 경우든 내 말에 따라주시오."

"쾌도비에게 절대복종할게."

쾌도비는 자신의 말에 따라달라고 했는데 그녀는 한 술 아니, 몇 술 더 떠서 절대복종하겠다고 했다. 이쯤 되면 쾌도비로서도 달리 할 말이 없다.

第十五章

순치보거(脣齒輔車)

—입술과 치아처럼 협력해야만 일을 성취한다

다각다각…….

한 필의 말이 한가로이 관도를 가고 있다.

이 길은 진원현에서 동남쪽으로 칠십여 리쯤 떨어진 삼혜현(三惠縣)으로 뻗어 있는 시골길이다.

마상에는 두 남자가 타고 있으며 한 사람은 백의 단삼을 입은 멋들어진 서생 차림의 청년이고, 또 한 사람은 작은 체구에 녹색과 황색이 섞인 역시 단삼을 입은 소년이다.

백의 청년은 서생의 모습이지만 어깨에 한 자루 도를 메고 있는 것으로 미루어 강호인 같기도 하고, 그냥 서생이 멋으로

도를 지니고 다니는 것처럼 보이기도 했다.

원래 위험한 천하를 돌아다니다 보면 그런 유생들을 심심치 않게 발견하게 된다.

소년은 백의 청년의 뒤에 앉았는데 두 팔로 그의 허리를 안고 얼굴을 그의 등에 묻고 있어서 어떤 모습인지 알 수가 없다.

두 사람은 다름 아닌 쾌도비와 주소옥이다. 쾌도비가 멋들어진 서생으로 변장한 것은 주소옥의 생각이었다.

강호인으로 행동하는 것보다는 참신한 서생의 모습이 눈길을 덜 끌 것이라는 그녀의 말에 쾌도비는 별로 동의하지 않았으나 구태여 반대할 생각도 없어서 그녀가 하자는 대로 서생이 되었다.

사실 그는 태어나서 백의를 처음 입어보는데 여태까지 한 번도 백의를 입지 않았던 특별한 이유는 없다. 단지 백의는 때가 잘 타서 자주 빨아서 입어야 하기 때문에 기피했을 뿐이다. 천하를 떠도는 사람에겐 빨래를 하는 것처럼 귀찮은 일이 없다.

두 사람이 타고 있는 말은 장영표국의 수레를 끌던 두 마리 말 중에 한 필이다.

쾌도비는 송림 속의 현장을 그대로 놔두고 수레에서 말만 한 필 풀어서 타고 왔다.

두 사람은 진원현에 들러서 옷을 사 입고 변장을 한 후에 식사를 하고 곧장 출발했다.

쾌도비가 낙양이 있는 동북쪽으로 가지 않고 동남쪽을 택한 이유는 두 가지다.

하나는 추격대를 따돌리려는 것이고, 또 하나는 삼혜현에서 배를 타고 호남성 북쪽의 악양까지 가려는 것이다.

그가 진원현에서 알아본 바에 의하면, 삼혜현에는 청수하(淸水河)라는 제법 큰 강이 있으며 그곳에서 배를 타면 동정호(洞庭湖)까지 갈 수가 있다는 것이다.

악양은 동정호 동북쪽 끝에 있으므로 동정호까지만 가면 안심할 수가 있다.

관도에는 드문드문 오가는 사람들이 보였다. 삼혜현에 제법 큰 포구가 있기 때문에 거길 왕래하는 장사치나 이 지역 사람이 대부분이다.

문득 쾌도비는 저만치 앞쪽에 십여 명의 무사가 진을 치고 있는 것을 발견했다.

그들은 관도 양쪽에 길게 늘어서서 오가는 행인들을 유심히 살펴보고 있었다. 삭월부 수하들은 아니고 또 다른 방파의 무사 같았다.

추격대는 자봉공주를 찾지 못하니까 범위를 확대하여 길목을 지키고 있는 듯했다.

이 지역은 주소옥이 급류에 떠내려갔던 수문현 인근 산에서 동쪽으로 무려 사백여 리나 떨어진 곳이며, 낙양으로 가는 길목이 아닌데도 무사들이 지키고 있다는 것은 상상을 초월하는 많은 수의 추격대가 귀주성이나 호남성의 접경지대를 샅샅이 수색하고 있다는 방증이다.

쾌도비는 자신들이 추격대에게서 많이 벗어났다고 생각하여 어느 정도 안심했었는데 현실이 이렇다면 결코 방심할 수가 없게 되었다.

관도 양쪽의 무사들은 여간 꼼꼼한 것이 아니다. 행인 중에 여자만 보이면 노소를 가리지 않고 불러 세워서 이것저것 물어보며 세밀하게 살폈다.

그러나 쾌도비는 허리를 꼿꼿하게 세우고 태연하게 말을 몰아 앞으로 나아갔다.

다각다각…….

드디어 쾌도비가 탄 말이 무사들 복판을 지나게 되었다. 그는 느긋하게 무사들을 둘러보며 느릿하게 전진했다.

검문을 한다고 해서 앞만 똑바로 주시하고 가면 오히려 의심을 받는다.

아무것도 모르는 서생이 검문이 신기한 듯 두리번거리는 모습이 자연스럽다.

쾌도비는 추격대에게 전혀 알려져 있지 않으므로 염려할

것이 없다.

관도 양쪽의 무사들 시선이 쾌도비와 주스옥을 날카롭게 훑더니 그중 한 명이 주소옥을 가리켰다.

"거기 뒤에 있는 자! 얼굴을 보여라!"

주소옥이 두 팔로 쾌도비 허리를 끌어안고 몸을 밀착시킨 자세로 그의 등에 얼굴을 묻고 있기 때문이다.

그러나 그녀는 그 소리를 듣지 못했다. 그 상태로 곤히 잠들었기 때문이다.

"이봐! 어이! 너! 얼굴을 보이라는 말을 못 들었느냐?"

무사 한 명이 다가오면서 주소옥에게 손을 뻗으려고 했다.

그러자 쾌도비가 손을 저으며 짐짓 서생의 말투로 무사를 제지했다.

"그 아이를 건드리지 마시오. 내가 깨우겠소."

나직하고 점잖은 말투에 무사는 손을 뻗다가 멈추었고, 쾌도비는 말을 멈추고 상체를 돌려 주소옥이 말에서 떨어지지 않도록 감싸면서 깨웠다.

"검비(劍飛)야. 일어나라."

"응……."

주소옥은 잠에서 깨어 손등으로 입가의 침을 닦으면서 두리번거렸다.

그런데 주소옥의 얼굴은 본 무사가 가볍게 인상을 쓰더니 못 볼 것을 봤다는 듯 냅다 손을 저었다.

"됐다. 가라."

쾌도비의 등 뒤에는 절색의 아름다움을 지닌 주소옥은 어디로 가고 들창코에 언청이, 게다가 얼굴 전체가 문불사(蚊不死:곰보)인 끔찍한 모습이 그곳에 있었다.

추악한 모습까지는 아니더라도 쳐다보기만 해도 인상이 찌푸려질 정도여서 다시 보고 싶지 않은 얼굴이다.

그런 모습은 쾌도비의 솜씨다. 그는 천하를 떠돌면서 쓸 만한 재주를 몇 가지 익혔는데 그중에서도 역용술(易容術)은 제법 일가견이 있을 정도다.

그가 진원현에서 역용에 필요한 재료들을 사서 객잔에 들어가 주소옥에게 역용을 해준 후에 그녀는 동경(銅鏡:거울)에 비친 자신의 모습을 보더니 재미있다면서 배를 움켜잡고 깔깔대며 웃었다.

그러면서 이 모습이라면 낙양까지 들키지 않게 갈 수 있다고 환한 미소를 지었다.

그러나 그 미소는 두 번 다시 보고 싶지 않은 일그러진 표정이었다.

"검비가 뭐야? 내 이름이야?"

무사들의 검문을 지나고 나서 한참 있다가 주소옥이 물었

다. 조금 전에 쾌도비가 검문을 하는 무사들 앞에서 그녀를
'검비' 라고 부른 것을 두고 하는 말이다.

"그렇소."

"쾌도비 동생이라서 쾌검비인가?"

"임시로 둘러댄 것이니까 개의치 마시오."

"아냐. 검비라는 이름 마음에 들었어. 앞으로 날 검비라고
불러줘."

"알았소."

잠이 깬 주소옥은 주위를 두리번거리면서 풍경을 감상하
는 듯하다가 생각난 듯 말했다.

"아까 날 깨울 때 반말을 하는 것 같던데?"

두 사람은 형제로 위장하고 있는데 그럼 무사들 앞에서 그
녀에게 존대를 써야 했다는 말인가. 그녀가 또 무슨 꼬투리를
잡는가 싶어서 그는 가만히 있었다.

사실 그는 종일토록 침묵을 지키고 있다가 주소옥이 뭔가
를 물어야지만 겨우 대답을 하는데 그나마도 그중 절반은 질
문을 묵살한다.

"뭐라고 하는 게 아니라 앞으로도 계속 그렇게 해줘."

오만하기 짝이 없는 자봉공주 주소옥이 쾌도비에게 자신
에게 반말을 하라고 주문을 하고 있다.

"왜 대답이 없어?"

“싫소.”

주소옥이 다그치자 쾌도비는 딱 잘라서 대답했다.

“어째서? 고리타분하게 신분 차이니 뭐니 그런 것 때문에 그러는 거야?”

신분을 매우 중요하게 여겼던 그녀가 쾌도비에게는 신분을 고리타분하다고 폄하했다. 쾌도비를 타인으로 여기지 않는다는 간접적인 뜻이다.

“우린 말을 놓을 만큼 친한 사이가 아니오.”

쾌도비의 말에 주소옥은 할 말을 잃었다. 공주인 자신이 기껏 양보해서 하대를 허락했는데도 친한 사이가 아니라면서 거절을 당했으니 기분이 좋을 리 없다.

그러나 쾌도비에게 뭐라고 따지거나 재촉을 해봤자 그녀만 손해다. 차라리 바위에 대고 말하는 게 나을 것이다. 그는 말 같지 않은 말에는 일체 대꾸하지 않는다.

그녀는 등 받침 없이 오래 앉아 있어서 허리가 몹시 아파 잡고 있던 쾌도비의 허리를 놓고 상체를 좌우로 비틀며 몸을 풀었다.

“아⋯⋯.”

허리에서 오도독⋯ 뼈마디 부딪치는 소리가 나는 걸 보니 자세가 경직되어 있었던 것 같다.

“앗!”

그런데 허리를 크게 비틀던 그녀는 균형을 잃고 상체가 아래로 곤두박질쳤다.

탁!

그녀의 머리가 땅바닥에 처박히기 직전에 쾌도비가 재빨리 손을 뻗어 그녀의 팔을 잡았다.

주소옥은 아래로 눈길을 주다가 땅과 자신의 머리가 반 뼘도 못 미치는 것을 보고는 식은땀이 났다. 추격대가 아니라 말에서 떨어져 죽을 뻔한 것이다.

어디에서나 쾌도비가 없으면 그녀는 골백번도 더 죽음의 위기에 처할 것만 같았다.

슥…….

쾌도비가 가볍게 끌어올려서 뒤쪽에 앉히려고 하자 그녀는 손을 뻗어 그의 어깨를 잡으며 버텼다.

"앞에 앉을 거야. 뒤에는 기댈 것이 없어서 허리가 아프고 편하지 않아. 게다가 방금처럼 위험이 닥치면 내가 앞에 앉아 있어야지만 쾌도비가 쉽게 손을 쓸 수 있잖아."

척!

쾌도비는 그녀가 장황하게 변명을 늘어놓지 않더라도 그녀의 요구를 거절하려고 하지 않았다. 그는 그녀를 자신의 앞에 가볍게 내려놓았다.

슥…….

“다리를 약간 벌려봐.”

그녀는 상체를 약간 뒤로 젖히면서 두 손으로 쾌도비의 양쪽 허벅지를 짚고 벌리는 시늉을 했다.

쾌도비가 양 다리를 약간 벌리자 그녀는 양손으로 그의 허벅지를 짚은 채 아담한 궁둥이를 살짝 들고 뒤로 물러앉았다가 비스듬히 상체를 눕혔다.

“아… 편하다.”

그녀는 쾌도비의 가슴에 등을 기대고 비스듬히 눕듯이 하며 두 손을 가슴에 모으고는 아예 두 다리까지 가지런히 모아서 말머리 쪽으로 뻗었다.

쾌도비가 두 손을 앞으로 뻗어 고삐를 잡고 있으며 두 다리를 벌리고 있기 때문에 그것이 벽 역할을 하여 흔들려도 주소옥은 떨어질 염려가 없다.

언젠가부터 그녀는 쾌도비에게만은 도도하게 굴지 않았다. 필요에 의해서 그러는 것이 아니라 알게 모르게 그와 친해졌다고 여기기 때문이다.

그녀는 눈을 감고 혼곤한 얼굴로 중얼거렸다.

“나를 낙양까지 무사히 데려다주면 네가 원하는 것은 다 들어줄 거야. 그러니까 무엇을 요구할지 생각해 둬.”

쾌도비로서는 그녀가 다시 준 창룡도와 비도쾌만 있으면 그것으로 족하다.

그런데 그의 가슴에 기댄 주소옥의 짧은 더벅머리에서 퀴퀴한 냄새가 풍겼다. 목욕을 한 지가 오래되어 머리카락이 서로 엉겨 붙은 모습이다.

쾌도비와 주소옥이 청수하 강변에 위치한 삼혜현에 도착한 것은 술시(밤 8시) 무렵이었다.

포구에 알아보니까 하류 동정호로 가는 배는 내일 아침 진시(아침 8시)에 있다고 한다.

그 배를 타면 동정호 서남쪽 끝에 위치한 상덕현(常德縣)까지 이천삼백여 리 길을 갈아타지 않고 한 번에 갈 수 있다는 것이다.

장장 오십여 일이나 걸린다고 하는데 좀 지루하긴 해도 그 편이 좋다.

괜히 서둘러서 간다고 육로를 선택했다가 재수 없으면 빼도 박도 못하는 신세가 될 수도 있다.

악양 호천루에 머물고 있다는 팔신궁의 무극사신은 자봉 공주의 수급을 취하지 않는 이상 그곳에 있을 테니까 조급할 이유가 없다.

두 사람은 삼혜현 포구의 객잔에 들어가서 객방 하나를 빌렸다.

저녁 식사를 하고 객방에 들어가자마자 주소옥은 오늘은 반드시 목욕을 해야 된다고 선언했다.

그럴 줄 알고 쾌도비는 이미 목욕통이 있는 객방을 얻어놓았다. 저녁 식사를 하기 전에 목욕통에 뜨거운 물을 채워놓으라고 점소이에게 각전 몇 닢을 쥐어주면서 부탁을 해두었기 때문에 객방에 들어서자 실내에 뜨거운 김이 가득해서 훈훈했다.

"혼자 하도록 노력해 볼게."

주소옥은 쾌도비더러 목욕 시중을 들 여자를 구해달라고 말했다가 또 무슨 사단이 벌어질는지 알 수 없기에 지레 그렇게 못을 박고는 목욕통 둘레에 쳐놓은 널찍한 병풍 안으로 들어갔다.

"잠깐. 이리 오시오."

"왜?"

병풍 너머에서 옷을 벗는 기척이 나다가 멈추었다.

"얼굴부터 지워야 하지 않겠소?"

"아… 그렇구나."

역용을 한 상태로 목욕통에 들어가면 목욕물을 버리기 때문에 주소옥은 옷을 벗다 말고 침상에 걸터앉은 쾌도비에게 다가왔다.

주소옥이 자신의 앞에 다소곳이 앉자 쾌도비는 역용 지우는 약을 솜에 묻혀서 서두르지 않고 꼼꼼하게 역용을 다 닦아 냈다.

들창코에 언청이, 문불사의 추한 모습이 사라지고 잡티 한 점 없이 희고 깨끗한 절색의 얼굴이 스스로 빛을 발하는 것처럼 드러났다.

"다 됐소."

주소옥은 다 됐다는 말을 듣고도 말끄러미 쾌도비를 바라보았다.

"왜 그러오?"

"아니다."

주소옥은 일어나서 우아한 걸음걸이로 사뿐사뿐 걸어서 병풍 안쪽으로 사라졌다.

그녀는 지금까지 살아오면서 만나는 사람 모두에게 절색 미모에 대해서 귀에 딱지가 앉을 정도로 찬사를 들었었다.

그런데 쾌도비는 전혀 그런 말이 없다. 아니, 말뿐만 아니라 표정이나 행동에서도 그녀를 조금도 절색미녀 취급을 해주지 않는다.

그녀가 봤을 때 쾌도비는 그녀의 미모에 홀리거나 칭찬을 하지 않는 유일한 사람이다.

"아……."

그때 병풍 너머에서 주소옥의 나직한 신음이 흘러나왔다.

여전히 침상에 걸터앉아 있는 쾌도비는 그쪽을 쳐다볼 뿐
아무 말도 하지 않았다.

병풍 너머에서 매우 느리게 옷을 벗는 듯한 소리가 들렸다.

"아야……."

그런데 잠시 후에 또다시 신음이 들렸다. 이번에는 어디가
아픈 듯한 비명 소리에 가까웠다.

"무슨 일이오?"

쾌도비가 물었으나 아무런 대답이 없다. 병풍 너머에서는
주소옥이 가쁜 숨을 새근새근 몰아쉬면서 바스락거리는 소리
가 들렸다.

쾌도비는 침상에서 내려섰으나 다가가지는 않고 그 자리
에 서 있기만 했다.

그리고 다시 묻지 않았다. 두 번 세 번 묻는 것을 싫어하기
도 하지만 상대방이 대답을 하지 않을 때에는 그만한 이유가
있기 때문이라고 생각했다.

"아… 안 되겠어."

잠시 후에 주소옥이 다시 옷을 입은 모습으로 병풍 밖으로
나와 이쪽으로 걸어오는데 얼굴을 살짝 찌푸리며 아픈 표정
을 지었다.

그녀는 쾌도비 앞에 다소곳이 서서 자신에게 벌어진 일을
어떻게 설명해야 할지 망설였고, 쾌도비는 참을성 있게 기다

려주었다.

그녀는 이렇게 쾌도비하고 마주보고 서 있기만 해서는 아무런 소용이 없다는 것을 깨닫고 아미를 살짝 찡그리며 입을 열었다.

"상처가 옷에 들러붙어서 떨어지지 않아."

"아……."

쾌도비는 낮은 탄성을 흘렸다. 그녀가 몇 군데 상처를 입었다는 사실을 한동안 잊고 있었던 것이다.

그렇다고 의원에 가서 치료할 수 있는 상황이 아니다. 두 사람은 철저히 서로에게만 의지해야 한다.

"좀 봅시다."

쾌도비가 한 걸음 다가서자 주소옥은 부지중 주춤 한 걸음 물러서며 난감한 표정을 지었다.

"잠깐 기다려."

그녀는 약간 고개를 숙이고 손으로 상의 옷자락을 꼭 움켜잡고 있는데 입술을 잘근잘근 깨물면서 뭔가 갈등을 하고 있는 것 같았다.

이윽고 그녀는 고개를 들고 차분한 얼굴로 말했다.

"상처 치료할 약 있어?"

"없소."

"그럼 구해와."

약을 구하러 갔던 쾌도비는 반 시진 후에 돌아왔다. 현 내의 의원이 모두 문을 닫아서 이곳저곳 돌아다니다가 마지막에는 의원의 문을 두드려 어렵사리 약을 사왔다.

방으로 들어선 그는 주소옥이 침상의 이불 위에 옷을 입은 채로 반듯한 자세로 누워 있는 것을 발견했다.

"상처가 어디요?"

쾌도비는 침상에 걸터앉아서 사 갖고 온 약들을 늘어놓으며 물었다.

주소옥은 그를 한 번 보고 나서 시선을 천장에 고정한 후 조용히 대답했다.

"왼쪽 목과 왼쪽 가슴, 오른쪽 옆구리, 오른쪽 허벅지, 왼쪽 무릎, 그리고 왼쪽 종아리야."

그녀는 막힘없이 줄줄 말했다. 쾌도비는 그녀가 그렇게 많은 상처를 입었다는 사실에 조금 놀랐다.

아니, 사실은 그런 상태인데도 지금까지 전혀 내색하지 않고 평상시처럼 행동했었다는 사실에 놀란 것이다.

그러나 어쩌면 상처가 그다지 깊지 않기 때문에 그녀가 견디고 있었을지도 모른다는 생각이 들었다.

쾌도비의 시선이 주소옥의 왼쪽 목으로 향했다. 하지만 그녀의 목은 말짱했다.

혹시나 싶어서 손을 뻗어 목 아래쪽을 덮고 있는 상의 깃을 잡고 조심스럽게 아래로 내렸더니 무엇에 걸린 듯 꼼짝도 하지 않았다.

그가 자세히 살펴보려고 얼굴을 가까이 대자 그녀는 그가 잘 볼 수 있도록 얼굴을 반대쪽으로 돌렸다.

옷을 살짝 잡아당긴 상태에서 들여다보자 목 아래쪽과 쇄골 사이가 핏물이 말라서 옷에 들러붙어 있었다.

그는 일어나서 깨끗한 천과 나무 그릇에 물을 담아서 침상으로 돌아왔다.

아플 테니까 참으라는 식의 말도 하지 않고 그는 왼손으로는 옷깃을 가만히 잡아당기면서 오른손에 쥔 물어 적신 천을 상처로 가져갔다.

스윽…….

젖은 천을 상처와 옷이 들러붙은 부위에 대고 조금씩 적시면서 옷을 잡아당겼다.

투둑…….

갑자기 옷이 상처에서 반쯤 확 떼어지자 그는 반사적으로 그녀의 얼굴을 쳐다보았다.

그녀는 눈을 꼭 감은 채 입술을 꼭 깨물고 있는데 이마에는 송알송알 땀방울이 맺혔다.

꽤 아플 텐데도 아프다는 내색도 신음 소리도 내지 않고 잘

참고 있었다.

그녀가 아프더라도 상처에서 옷을 떼어내고 또 치료를 하려면 어쩔 수가 없다.

그는 목의 상처에 다시 젖은 천을 갖다 대고 살살 문질러서 이윽고 옷을 떼어내는데 성공했다.

눈이 부시도록 희고 매끄러운 백옥 같은 살결에 확연히 드러난 상처를 보고 그는 조금 놀랐다.

예상 밖으로 상처가 꽤 깊었기 때문이다. 목과 쇄골 사이 움푹 파인 부위에 검에 찔린 듯한 상처이며 그곳에 피딱지가 엉겨 붙은 모습이다.

그동안 꽤 아팠을 텐데도 여자의 몸으로 전혀 내색하지 않고 평상시처럼 행동한 그녀가 놀라웠다.

신분이 높은 사람은 이런 상황에서도 뛰어난 인내심을 발휘하는 것 같았다.

그래서 쾌도비는 그녀의 새로운 면을 발견하게 되었다. 공주라는 대단한 신분으로 오만함과 타인에 대한 무시로 가득 찬 줄로만 알았던 그녀에게 대단한 참을성이 있다는 사실은 뜻밖의 신선한 충격이다.

상의는 목에서부터 들러붙어 있었기 때문에 옷을 벗는 것을 시도조차 하기 어려웠을 것이다.

주소옥은 잠시 기다려도 쾌도비가 아무런 행동도 취하지

않자 의아한 얼굴로 그를 쳐다보았다.

"무슨 문제라도 있어?"

"괜찮겠소?"

"뭐가?"

대답 대신 쾌도비의 시선이 그녀의 왼쪽 가슴으로 향했다. 이제 그곳의 상처를 봐야 하는데 괜찮겠느냐는 뜻이다. 아니, 꼭 젖가슴의 상처만이 아니다. 옆구리와 허벅지의 상처를 본다는 것은 그녀의 나신 전체를 보는 것이나 다름이 없는 일이다.

그때 쾌도비는 주소옥의 얼굴과 목덜미가 살짝 붉어지는 것을 발견했다.

"어서 해."

상처에서 옷을 떼어내고 상처를 치료하는 것은 어차피 치러야 할 일이다.

그녀는 그것을 알고 있기에 수치스러워도 체념할 수밖에 없는 것이고 감내해야만 하는 것이다.

쾌도비도 이런 상황에서 상대를 지나치게 배려하는 따위는 익숙하지 않고 낯간지럽다.

눈을 꼭 감은 주소옥은 마치 처형을 당하는 죄수가 길게 목을 늘어뜨리고 언제 칼날이 목을 벨지 모르는 것처럼 조마조마한 표정을 짓고 있었다.

스슥…….

쾌도비는 조금 전 떼어낸 왼쪽 목에서부터 상의를 벗기기 시작했다.

주소옥은 이리저리 몸을 움직이면서 그가 옷을 잘 벗길 수 있도록 협조했다.

마지막으로 옷이 그녀의 오른쪽 옆구리에서 떨어지지 않았다. 그곳의 상처에 들러붙어 있었다.

쾌도비는 그곳을 그대로 놔둔 채 그녀의 젖가슴을 칭칭 싸맨 헝겊으로 시선을 주었다.

소년으로 변장하느라 그녀 스스로 천으로 젖가슴을 힘주어 묶었으나 쾌도비가 보기엔 엉성하기 짝이 없었다. 하기야 제 옷도 제 손으로 입어본 적이 없는 그녀가 묶은 것이니 오죽하겠는가.

쾌도비는 이제껏 여자의 젖 가리개를 풀어본 적이 한 번도 없었다.

몇 번인가 돈을 주고 샀던 홍등가의 여자들은 제 스스로 옷을 벗고 나신이 되어 침상에 누워 그의 손길을, 아니, 그가 빨리 볼일을 끝내기만을 기다렸었다.

그렇다고 그가 주소옥의 가슴을 동여맨 천을 풀지 못한다는 뜻이 아니다.

지난 세월 죽을 고비를 수십 번도 더 넘겼던 그인데 여자의 젖가슴을 묶은 천 따위를 풀지 못하겠는가.

스…….

그의 손이 가슴을 동여맨 천에 닿자 주소옥의 하늘하늘 가녀린 몸뚱이가 파드득 하고 떨었다. 마치 갓 잡아 올린 은어가 펄떡거리는 것 같았다.

스슥…….

쾌도비는 무심한 표정과 느릿한 동작으로 천천히 천을 풀기 시작했다.

그리고 이윽고 천이 다 풀리고 젖 가리개를 하지 않은 상태라서 한 쌍의 탐스러운 육봉(肉峰)이 자태를 드러냈다.

꿀꺽…….

순간 그걸 본 쾌도비는 자신도 모르게 마른침을 삼켰다. 그리고 그의 시선은 한 쌍의 젖가슴에 고정되었다가 천천히 상체 전체를 훑었다.

그는 여자의 벗은 상체를 처음 보는 것이 아니다. 하지만 이처럼 숨 막히도록 완벽하게 아름다운 여자의 상체는 생전 처음 보았다.

그가 접했던 홍등가 여자들의 여체는 주소옥의 그것에 비할 바가 아니다.

비교한다는 자체가 모욕이다. 어찌 한낱 돌멩이를 옥이나 금강석에 비교할 수 있겠는가.

잡티 한 점 없는 눈부시게 희고 매끄러운, 그리고 가냘픈 상체에 어떻게 저토록 아름답고 풍만한 젖가슴이 붙어 있을 수 있는지도 의문이고 또 신기하기만 했다.

그가 주소옥을 처음 만나서 괴한들로부터 구한 후에 혼절한 그녀를 자신이 묵는 거처로 데려왔을 때 그녀는 심한 감기로 고생을 했었다.

마땅한 약이 없으며 어떻게 치료해야 하는지도 잘 모르는 그는 그녀를 발가벗기고 찬물에 수건을 적셔서 온몸을 문지르며 열기를 식혀주었었다.

그때 처음으로 쾌도비는 주소옥의 나신을 봤으며 심지어 온몸을 구석구석 쓰다듬으며 문지르기까지 했었다.

하지만 그때는 아무런 감정도 느끼지 못했으며 마음의 동요는 더더욱 없었다.

그때는 아마도 쾌도비가 그녀에 대해서 크고 단단한 벽을 치고 있었기 때문이었을 것이다.

그 당시 두 사람은 철저한 타인이었다. 알몸을 보고 만진다고 해서 어떤 감정을 느낄 사이가 아니다.

더구나 쾌도비처럼 특별하고 괴팍한 성격을 지닌 사람으로선 더욱 그렇다.

그런 점에서 본다면, 지금은 그때와 비슷한 상황인데도 쾌도비가 주소옥의 나신을 아름답다고 여기고 있다.

어쩌면 그것은 그녀를 철저한 타인으로 여기지 않는다는 뜻일 것이다.

"뭐하는 거야?"

쾌도비가 아무런 행동도 하지 않자 주소옥은 살며시 눈을 떴다가 그가 자신의 벌거벗은 젖가슴을 뚫어지게 주시하는 것을 발견하고 얼굴을 붉히면서 뾰족하게 외쳤다.

그 바람에 쾌도비는 자신의 실수를 깨닫고 천을 만졌다가 나무 그릇을 들어 올리는 등 허둥거렸다.

그 모습을 지켜보는 주소옥의 입가에 보일 듯 말 듯 미소가 어렸다.

피도 눈물도 없는 무정한 사내인 줄만 알았던 그가 자신의 나신에 정신이 팔려 있는 것을 보고는 '그러면 그렇지. 너도 사내로구나' 하는 그에 대한 새로운 모습을 발견함과 동시에 그가 처음 보이는 허둥대는 모습이 우스웠던 것이다.

두 번째 상처는 왼쪽 젖가슴 바로 아래쪽을 검으로 찔렸던 것이다. 풍만한 젖가슴 바로 아래쪽이라서 천에 들러붙지 않았다.

그 역시 목의 상처만큼 깊었다. 아마 조금만 더 깊었으면 심장을 찔렀을 터이다.

그다음 옆구리는 반 뼘쯤 베인 상처였다. 상처의 폭이 넓은 것으로 미루어 도에 베인 것이 분명했다. 그 상처는 목과 젖

가슴의 상처보다 훨씬 심해서 지금도 계속 피가 섞인 진물 같
은 것이 흘러나왔다.

상의를 완전히 벗겨내서 상체를 알몸으로 만든 이후에는
하체 차례다.

하체는 오른쪽 허벅지 뒤쪽과 왼쪽 무릎, 왼쪽 종아리이며
허벅지는 둔부와 허벅지의 경계 부위다.

허벅지라고는 하지만 거의 둔부 쪽에 가까우며 가로로 비
스듬히 베인 상처라서 바지하고 딱 달라붙어 잘 떨어지지 않
았다. 계속 마상에 앉아서 왔기 때문에 더욱 심했다.

"돌아누우시오."

쾌도비의 말에 주소옥은 몸을 뒤집어 엎드렸다.

그녀의 바지는 벗기려다가 오른쪽 둔부 아래 허벅지에 걸
려 있는 상태다.

쾌도비는 물에 적신 천으로 상처와 바지를 적시면서 조금
씩 떼어냈다.

투우…….

"아……."

그런데 바지가 떼어지면서 상처의 딱지가 뚝 떨어지자 그
녀는 낮은 신음을 흘리면서 몸을 바르르 떨었다.

옷을 떼어낸 허벅지에서는 피가 주르르 흘렀다. 쾌도비가
보기에도 매우 아플 것 같았다.

하지만 그는 묵묵히 바지를 아래로 벗겼다. 옷을 다 벗겨야지만 치료를 할 수 있기 때문이다.

어쨌든 우여곡절 끝에 바지까지 벗기는 데 성공하고는 이제는 치료를 할 차례다.

무릎과 종아리는 둘 다 가벼운 상처라서 맨 나중에 치료하기로 했다.

제일 급한 곳은 가로로 손가락 한 마디 정도 길게 베어진 허벅지다. 발갛게 성난 상처 부위에서 계속 피와 진물이 흘러내렸다.

뒤에서 접근한 적의 도에 베었기 때문에 속수무책이었고 의외로 상처가 깊었다.

슥…….

쾌도비는 상처를 제대로 치료하기 위해서 공간을 확보하려고 엎드려 있는 주소옥의 다리를 약간 벌렸다.

그때 움찔하고 그녀가 몸을 떨면서 탱탱한 궁둥이에 힘이 바짝 들어가는 것을 쾌도비가 보았다.

그제야 그는 그녀의 둔부가 맨살이라는 사실을 깨달았다. 여자, 그것도 특히 젊은 여자들은 아기 손바닥만 한 속곳으로 앞부분만 겨우 가리고 뒤쪽은 끈이나 다름없는 것이 궁둥이의 계곡 속에 파묻혀 있어서 눈으로 볼 때는 아무것도 입지 않은 것 같았다.

“음······.”

“빨리 치료나 해.”

쾌도비가 나직한 신음을 흘리자 주소옥은 발작적으로 뾰족하게 외치듯 말했다.

그녀는 알고 있다. 자신의 상처가 어디쯤 났으며 쾌도비가 그곳을 치료하려면 자신의 치부를 적나라하게 볼 수밖에 없다는 사실을.

속곳이라는 것은 앞을 가리는 것이지 아래는 제대로 가려주지 못하기 때문이다.

第十六章

척호지정(陟岵之情)

—고향에 계신 부모님을 그리워한다

주소옥은 그토록 소원하던 목욕을 결국 하지 못했다.

치료를 하고 안 하고를 떠나서 상처가 여섯 군데나 있는 상태로는 뜨거운 물에 목욕을 할 수가 없다.

그 사실을 잘 아는 그녀는 매우 서운했으나 억지를 부리지는 않았다.

또한 쾌도비가 무려 한 시진에 걸쳐서 상처를 꼼꼼히 잘 치료해 두었기 때문에 상처에 약이 잘 스며들고 또 굳을 때까지 그녀는 움직이지도 못하는 상태로 침상에 누워 있어야만 했다.

쾌도비가 똑바로 누운 그녀의 허리에 베개를 받치려고 하
자 그녀는 허리를 들면서 물었다.

"얼마나 지나야 약이 굳을까?"

쾌도비는 그녀의 허리에 베개를 받쳤다.

"한 시진이면 될 거요."

허벅지 뒤쪽의 상처가 바닥에 닿을까 봐 허리에 베개를 받
친 것이다.

"한 시진이 지나도 목욕은 못 하겠지?"

"그렇소."

그녀는 힘없는 표정으로 고개를 저쪽으로 돌리고 벽을 물
끄러미 바라보았다.

사타구니에 속곳 하나만 입은 채 나신이나 다름이 없는 모
습으로 누워 있는 그녀는 처음에는 몹시 수치스러워했으나
시간이 꽤 오래 흐르자 거기에 대해서는 좀 익숙해진 것처럼
보였다.

"나 몸에서 냄새나지."

그녀는 벽을 응시하며 조용한 목소리를 냈다.

침상 옆에 서 있는 쾌도비는 아무 말도 하지 않았다.

"냄새나는구나."

쾌도비의 침묵이 긍정이라고 생각한 그녀는 벽만 응시한
채 한참 동안 아무 말도 하지 않았다.

쾌도비가 잠시 밖에 나갔다가 돌아왔는데도 주소옥은 그를 쳐다보지도 않았다.

쾌도비는 병풍 안쪽 목욕통 앞에 의자 하나를 갖다놓고 와서 주소옥을 번쩍 안아들었다.

"왜……."

그녀는 어리둥절하면서도 반항하지 않고 팔을 그의 목에 둘렀다.

쾌도비는 그녀를 목욕통 앞 의자에 앉혔다.

"발을 올려놓으시오."

그의 말에 주소옥은 두 다리를 들어 의자에 얹고 두 팔로 안았다. 발을 바닥에 내려놓으면 허벅지 상처가 눌리게 되기 때문이다.

"고개를 뒤로."

쾌도비는 그녀의 머리를 뒤로 젖히게 하여 짧은 더벅머리가 목욕통 위에 가도록 하고는 이어서 두 손으로 부드럽게 물을 적셨다.

주소옥은 그제야 그의 의도를 알아차렸다. 머리를 감겨주려는 것이었다.

뜨거운 목욕물이 식기는 했지만 아직 미지근해서 머리를 적시니까 기분이 좋아졌다.

쾌도비는 흠뻑 적신 그녀의 머리카락에 조금 전에 객잔 주방에 가서 구해온 잿물을 충분히 발라서 머리카락에 낀 기름때를 씻어내고 또 손가락을 세워 두피를 부드럽게 긁어주었다.

"아아… 정말 좋다."

주소옥은 너무 시원해서 탄성이 절로 나왔다. 하루에도 몇 번이나 목욕을 했던 그녀가 며칠 동안이나 머리를 감지 않았으니 오죽했겠는가.

더구나 무뚝뚝하고 멋대가리라고는 없는 쾌도비가 머리를 감겨준다는 사실 때문에 흡족함이 배가되었다.

그녀는 또 한 가지의 사실, 쾌도비가 매우 꼼꼼하고 섬세한 성격이라는 것을 알게 되었다.

그는 대충하지 않고 부드럽게, 그리고 세심하게 그녀의 머리를 잘 감겨주었다.

남의 머리를 감겨준 적은 한 번도 없었으나 자신의 머리를 감는다고 여겼다.

이윽고 머리를 다 감기고 나서는 보송보송 마른 천으로 머리의 물기를 닦아주고는 다시 그녀를 안고 침상으로 와서 눕혔다.

그게 끝이 아니다. 이번에는 천에 물을 적셔 와서 그녀 옆에 앉았다.

그녀는 그의 의도를 깨닫고 몸을 편안하게 하고는 살며시 눈을 감았다.

슥슥…….

쾌도비는 젖은 수건으로 묵묵히 그녀의 몸을 닦아주기 시작했다.

수건이 더러워지면 다시 목욕통으로 가서 깨끗이 빨아 갖고 와서 닦았다.

서툰 손길이라서 예전의 주소옥 같았으면 벌써 불호령이 떨어졌겠지만, 쾌도비가 어떤 사람인지 잘 알고 또 그가 어떤 마음으로 이렇게 해주는지 짐작할 수 있기에 마음이 더없이 안온해졌다.

이제는 벌거벗고 그의 앞에 누워 있어도 처음처럼 부끄럽거나 수치스럽지 않았다.

그리고 그의 손길이 지금껏 그녀가 받아온 그 어떤 시녀의 그것보다 부드럽다는 것을 느꼈다.

그러다가 문득 그녀는 자신이 남자 앞에 온몸을 맡긴 채 거의 벌거벗고 누워 있으면서도 지극히 태연하다는 사실을 깨닫고 가볍게 놀랐다.

'내가 쾌도비를 이만큼 믿게 된 거야.'

주소옥은 새벽에 눈이 떠졌다. 사위가 캄캄했고 정신이 혼곤해서 자신이 어디에 있으며 지금이 어떤 상황인지를 깨닫는데 약간의 시간이 걸렸다.

'그는…….'

제일 먼저 생각나는 사람이 쾌도비다. 두리번거렸지만 캄캄해서 아무것도 보이지 않았다.

게다가 숨소리조차 나지 않아서 이곳에 그녀 혼자만 있는 듯한 착각이 들었다.

그래서 혹시 쾌도비가 자신을 버리고 갔을지도 모른다는 생각에 가슴이 덜컥 내려앉았다.

그렇지만 워낙 캄캄해서 움직일 수가 없다. 다만 몸을 일으켜 앉아서 어둠이 눈에 익기를 기다렸다.

잠시가 지나서야 그녀는 침상 옆 바닥에 쾌도비가 똑바로 누워서 자고 있는 흐릿한 모습을 발견하고 안도의 표정을 지었다.

그리고 그가 자신의 입으로 그녀를 낙양까지 데려다주겠다고 약속한 것을 반드시 지킬 것이라는 사실을 깨달았다. 즉, 그는 자신의 입으로 한 번 내뱉은 말은 반드시 지키는 사람이다.

그녀는 베개도 이불도 덮지 않은 채 딱딱한 맨바닥에서 자고 있는 쾌도비를 물끄러미 바라보았다.

자신은 푹신한 침상에서 두툼한 이불을 덮고 자는데 그가 자는 모습을 보니까 조금 미안하고 안됐다는 생각이 자연스럽게 들었다.

그녀가 타인을 염려하다니 예전 같으면 언감생심 꿈도 못 꿀 일이다.

그녀는 단 한 번도 타인을 염려해 본 적이 없었다. 그럴 필요나 이유가 없기 때문이다.

그러나 상황이 그녀를 조금쯤은 변화시켰다. 그리고 쾌도비는 그녀에게 여느 타인이 아니다. 그는 그녀에게 점점 더 특별한 사람이 되어가고 있는 중이다.

지금까지 그녀에게 특별한 사람은 부모님, 그리고 가까운 친척 몇 명뿐이었지만 이제는 거기에 쾌도비가 포함되었다.

그녀는 이불을 걷고 침상에서 내려와 바닥에 내려섰다. 상처에 바른 약이 다 굳어서 옷을 입었지만 그라도 이불에서 벗어나니까 몸이 선뜻하면서 추웠다.

이렇게 추운데 쾌도비가 맨바닥에서 이불도 없이 자고 있는 게 더 마음이 쓰였다.

그녀는 쾌도비 옆에 쪼그리고 앉아 가만히 그를 흔들었다.

“쾌도비.”

“무슨 일이오?”

깊이 잠들어 있었던 것 같았던 쾌도비는 즉시 눈만 뜨고 그녀를 보며 예의 무뚝뚝하게 물었다.

“여긴 추우니까 침상에서 나하고 같이 자자.”

“나는 여기가 편하오.”

그는 그 말만 내뱉고는 다시 눈을 감아버렸다.

주소옥은 평소에는 하지 않던 배려라는 것을 했다가 일언지하에 거절당하자 기분이 상해서 발딱 일어나 발로 그의 옆구리를 냅다 걷어찼다.

퍽!

“맘대로 해!”

*　　*　　*

사방이 밀폐된 그리 넓지 않은 밀실 한가운데에 허리 높이의 석대(石臺)가 놓여 있고 그 위에 한 구의 시신이 반듯한 자세로 눕혀 있다.

시신은 썩지 않게 하려고 흰 횟가루가 온몸에 덕지덕지 발라져 있었으며 복부에 퀭하게 구멍이 뚫려 있었다.

석대 주위에는 아홉 명의 혈의인이 빙 둘러서서 심각한 표정을 짓고 있다.

이들은 석대에 누워 있는 시신까지 합쳐서 도합 열 명이 하나의 영(領)을 이루며 사신이십오령(蛇神二十五領)이라는 명칭을 갖고 있다.

사신령(蛇神領)이라는 굉장한 명성은 당금의 강호를 전율시키고도 남음이 있다.

그리고 사신령에는 도합 이십오 개의 '영'이 있으며, 이들은 그중 마지막인 이십오령, 즉 사신이십오령이다.

하나의 영은 열 명으로 구성되었으며 이십오 개 영을 모두 합쳐서 이백오십 명이고, 그 위 정점에 상사신(上蛇神)과 좌사신(左蛇神), 중사신(中蛇神), 우사신(右蛇神) 네 명의 최고우두머리가 있다.

그래서 모두 합쳐 이백오십사 명이 팔신궁 최하위인 무극사신을 이루고 있다.

비록 최하위라고는 하지만 그것은 어디까지나 자타가 인정하는 강호 최고의 신화 사신육비의 팔신궁 내에서 국한된 것이고, 강호에 나오면 사신령만으로 충분히 평지풍파를 일으키고도 남음이 있다.

지금 이곳에 모여 있는 아홉 명의 사신이십오령 무극사신은 석대에 죽어 있는 동료의 시신을 살피면서 그가 과연 어떻게 누구에게 죽었는지에 대해서 심각하게 의견을 나누고 있는 중이다.

"결론이 났군."

무극사신 중 한 명이 오랜 침묵을 깼다. 그는 사신이십오령의 제일령(第一領)이며 영주(領主)다.

"누군지는 모르지만 현재 어떤 절정고수가 자봉공주와 같이 있는 게 분명하다."

여덟 명의 무극사신은 공손한 자세로 조용히 듣기만 했다. 이들의 영주에 대한 충성심과 복종심은 대단하다. 지금까지 이들은 얼마 전까지 자신들의 동료였던 석대의 시신을 보면서 여러 가지 의견을 개진했으며 그것들을 종합하여 영주가 결론을 내리고 있다.

"팔령(八領)을 죽인 수법은 매우 고명하다. 최소한 삼 갑자 백팔십 년 이상의 공력을 지녀야만 전개할 수 있는 강기(罡氣)가 분명하다."

공력 이 갑자 백이십 년 이상이면 장풍이나 권풍, 지풍 등 소위 '풍(風)'을 전개할 수 있으며, 삼 갑자 백팔십 년의 공력이 있어야지만 '풍' 위단계인 강기를 전개할 수 있다는 것이다.

"영주, 혹시 남령부의 구양웅이 아닐까요? 그자는 형산파의 최고수 아닙니까?"

"음! 구양웅이 남령부 최고수이긴 하지만 강기를 전개할 정도는 아니다."

무극사신 한 명의 추측에 이십오령주는 고개를 가로저으며 일축했다.

"게다가 구양웅이 이끄는 남령부 세력은 이제야 귀주성에 들어섰으니 시간적으로 맞지 않는다."

"그렇군요."

"팔령을 그처럼 간단하게 죽일 정도의 절정고수가 자봉공주를 호위하고 있다면 그들은 이미 귀주성을 벗어났다고 봐야 한다."

영주는 아무나 되는 것이 아니다. 무공은 물론이고 남다른 통찰력과 상황을 판단하는 능력이 있어야 한다. 그런 점에서 이십오령주는 탁월했다.

그는 무극사신들을 천천히 둘러보면서 목소리에 힘을 주어 명령했다.

"지금까지 실행하던 모든 계획을 전면적으로 수정한다. 귀주성은 물론이고 호남성과 호북성, 사천성의 모든 방, 문파를 동원하라."

"명을 받듭니다!"

허리를 굽히고 고개를 숙이는 여덟 명의 무극사신 머리 위에 이십오령주의 명령이 떨어졌다.

"사람이라면 남녀노소 신분을 가리지 않고 한 명도 남김없이 샅샅이 검문하라."

이십오령주는 몸을 돌려 입구로 향했다.

"나는 악양 호천루에 가 있겠다."

                    *   *   *

“잘 안 돼…….”

주소옥은 이른 아침에 일어나자마자 긴 흰색 천으로 가슴을 묶으려고 안간힘을 쓰고 있다.

“쾌도비가 해줘.”

결국 그녀는 돌아서서 쾌도비에게 천을 내밀며 아미를 살짝 찌푸렸다.

쾌도비가 봤을 때 주소옥 혼자서는 절대로 가슴에 천을 제대로 동여맬 수가 없다.

설혹 어찌어찌 해서 겨우 묶었다고 해도 어설프기 짝이 없어서 여기저기 돌아다니다가 풀어질 수도 있으며 가슴을 제대로 압박하지 못해서 봉긋 솟을 수도 있다.

더구나 지금 서둘러서 나가지 않으면 아침 식사도 하지 못한 채 배를 타야만 한다.

그리고 까딱하다가는 배마저 놓칠 수도 있는 상황이다. 그러니 결국 쾌도비가 묶어줄 수밖에 없다.

그는 자신의 앞에 마주보고 오도카니 서서 천을 내밀고 있는 주소옥을 쳐다보았다.

그녀도 작은 키가 아니지만 쾌도비가 워낙 큰 키라서 그녀의 머리 꼭대기가 그의 가슴에 찼다.

아래에는 바지만 입고 상체는 고스란히 알몸을 드러낸 채 들창코에 언청이, 문불사의 추한 모습으로 역용을 한 그녀는 말끄러미 그를 바라보았다.

어젯밤에 상처에 들러붙은 옷을 벗기고 또 치료를 하고 젖은 수건으로 닦아주느라 쾌도비가 그녀의 나신이나 다름없는 몸을 오랫동안 보고 만졌지만, 그렇다고 해서 지금처럼 그녀의 벌거벗은 상체를 보고 또 보여주는 것이 두 사람에게 아무렇지 않다는 것은 아니다.

그는 주소옥의 긴 속눈썹이 가늘게 떨리고 있으며 입술을 꼭 다물고 있는 것을 보고 그녀가 수치심을 이기려고 애쓰고 있다는 사실을 감지했다.

그녀는 낙양까지 오랜 시간 동안 쾌도비와 함께 동고동락을 하려면 이 정도는 극복해야 한다고 다짐을 하고 있는 것이 분명했다.

그녀의 그런 눈물겨운 노력에 쾌도비도 부응해야 한다. 그녀의 그런 모습은 일견 대견하기도 했다.

"잘 잡으시오."

"뭘?"

쾌도비가 천을 받으면서 주의를 주자 그녀는 의아한 표정을 지었다.

"젖."

“젖?”

“아니, 가슴…….”

“방금 내 가슴을 젖이라고 한 거야?”

“그게 아니고…….”

“그랬잖아, 젖이라고.”

주소옥은 두 손을 가느다란 허리에 얹고 싸늘한 얼굴로 따졌다. 그 바람에 젖이 출렁이며 물결쳤다.

“묶을 거요, 말 거요?”

주소옥은 차갑게 그를 쏘아보고는 말없이 두 손을 들어 자신의 젖가슴을 꼭 눌렀다.

여자가, 그것도 주소옥처럼 젊고 싱싱하며 완벽한 몸매의 소유자가 섬섬옥수로 자신의 풍만한 젖가슴을 꼭 누르고 있는 모습은 뭐라고 표현하기조차 어려운 뇌쇄적인 모습을 자아내기에 충분했다.

“뭘 보고 있어? 빨리 묶지 않고.”

쾌도비가 그 모습을 물끄러미 굽어보자 주소옥은 얼굴을 붉히면서 차갑게 일침을 놓았다.

쾌도비는 움찔하고는 급히 천을 그녀의 가슴에 갖다 대면서 혼란한 마음을 추스렸다.

여자의 알몸을 보고 이따금씩 넋을 놔버리는 그런 면이 자신에게 있다는 것을 어젯밤과 오늘 아침에 자주 발견하고 있기 때문이다.

그는 자신이 매우 수양이 깊고 강직해서 어떤 유혹에도 흔들리지 않는다고 확신했었다.

하지만 그런 신념은 상대가 웬만한 여자였을 때나 지켜질 수 있는 일이다.

우물(尤物)이라고도 할 수 있는 주소옥의 나신을 보고서야 어찌 남자로서 반응을 하지 않겠는가. 그럴 수 있다면 그 사람은 필경 고자일 것이다.

아니, 이것은 상대가 여자라서가 아니라 그저 경이로운 피조물이어서 그러는 것이다.

"돌아서시오."

키가 큰 그는 주소옥의 가슴에 천을 감기 위해서 허리를 잔뜩 굽혔고 그녀는 빙글빙글 제자리에서 회전하면서 가슴에 천을 감았다.

"윽……."

그런데 돌다가 멈춘 주소옥의 안색이 창백해지면서 두 눈이 동그랗게 커졌다.

쾌도비가 보니까 가슴을 너무 세게 묶어서 그녀가 숨을 쉬지 못하는 것 같다는 생각이 들자 급히 천을 풀었다.

"하아……."

주소옥은 쓰러질 듯이 비틀거리다가 쾌도비 품에 안겨서

할딱거렸다.

“하아… 하아……. 나를 죽일 셈이야?”

그녀의 뽀얀 젖가슴이 쾌도비의 가슴에 짓눌렸다.

“미안하오.”

그래서 처음부터 다시 묶기 시작했다. 그러나 다 묶고 나서는 다른 문제가 발생했다.

주소옥이 두 손으로 젖가슴을 누르고 있는 상태에서 손까지 같이 묶어버린 것이다.

“쾌도비, 너 고의로 이러는 거지?”

“음, 미안하오.”

쾌도비는 그녀를 팽이처럼 빙글빙글 돌려서 천을 풀고 세 번째로 다시 묶었다.

결국 두 사람은 아침 식사도 하지 못한 채 허겁지겁 배에 오를 수밖에 없었다.

이곳은 청수하의 상류지역이라서 강폭이 이십여 장에 불과하지만 수심이 매우 깊어서 큰 배가 운항을 하는데 전혀 무리가 없다.

삼혜현의 포구는 이 일대의 유일한 포구라서 크고 작은 수많은 배가 포구에 정박을 하고 있거나 드나들고 있어서 복잡하기 이를 데 없다.

청수하는 동북쪽으로 흐르면서 여러 강과 합쳐져 호남성에 들어서면 거대한 원강(沅江)이 된다.

이천삼백여 리의 기나긴 물길이기 때문에 강가에는 수십 개의 현과 마을이 있고, 그곳을 들고 나는 배가 셀 수도 없이 많은 것이다.

그렇지만 삼혜현에서 동정호의 상덕현까지 가는 장거리 배는 쾌도비와 주소옥이 탄 배가 유일하다. 하루에 한 차례 아침에 출발한다.

길이가 이십여 장에 폭이 칠 장에 이르는 강에서는 보기 힘든 거대한 배가 백오십여 명의 사람을 태우고 육중하게 포구를 출발했다.

쾌도비와 주소옥은 끼니를 거르지 않아도 됐다. 배 안에 간단한 요리와 술 따위를 파는 곳이 있었기 때문이다.

아침을 먹지 못한 많은 사람이 길게 늘어선 줄 맨 끝에 쾌도비도 서서 기다려서야 반 시진 만에 겨우 두 그릇의 계탕면(鷄湯麵)을 살 수 있었다.

계탕면을 들고 주소옥이 기다리는 곳으로 걸어오다가 그는 걸음을 멈추었다.

먼 하늘을 하염없이 응시하는 그녀의 눈빛이 매우 쓸쓸하고 아련한 것을 발견했다. 그녀가 바라보고 있는 방향은 서남쪽이다.

그쪽에는 저 멀리 아득하게 고산준령이 보였으나 그녀의 눈에는 그 너머 운남성의 곤명이 보이는 듯했다.

그녀는 남령부의 부모님을 그리워하거나 걱정하는 것이 분명했다.

쾌도비는 그녀의 여러 모습을 봐왔지만 지금처럼 애잔한 표정은 처음 본다.

문득 먼 곳에서 시선을 거두던 그녀가 우두커니 서서 자신을 바라보고 있는 쾌도비를 발견했다.

"샀어?"

방금까지만 해도 쓸쓸한 모습이던 그녀는 금세 눈으로 웃음을 지으며 쾌도비를 반겼다.

두 사람은 배의 난간 아래에 마주보고 앉아서 계탕면을 먹었다.

쾌도비는 계탕면 한 그릇을 마파람에 게 눈 감추듯 뚝딱 한 입에 해치우고 나서 빈 그릇을 내려놓으며 주소옥을 쳐다보았다.

이런 형편없는 계탕면 따위는 평생 먹어본 적이 없었을 텐데도 그녀는 맛있게 잘 먹고 있었다.

사람이 다른 환경에 적응할 때 먹는 것을 가장 빨리 극복한다고 하더니 과연 그 말이 맞는 듯했다.

쾌도비는 그녀를 응시하다가 문득 어째서 수많은 고수와 무사들이 그녀를 죽이려고 하는 것인지 궁금해졌다.

이제는 어차피 낙양까지 함께 가야 하는 처지가 됐으므로 그 이유를 알아야겠다는 생각이 들었다.

"어째서 공주를 죽이려는 것이오?"

주소옥은 먹는 동작을 뚝 멈추더니 그릇과 젓가락을 바닥에 내려놓았다.

그녀는 천천히 주위를 둘러보았다. 이곳 배의 옆부분 난간 아래는 한데나 마찬가지라서 쌀쌀한 날씨 때문에 쾌도비와 그녀 둘뿐이었다.

다른 사람은 대부분 선실 근처나 햇볕이 잘 드는 곳에 대거 모여 있었다.

"내가 천절문에 가지 못하게 하려는 거야."

그녀는 자신과 부모님, 그리고 몇몇 가까운 친척만 알고 있는 극비사항을 얘기했다.

"쾌도비는 우리 남령부에 대해서 얼마나 알고 있지?"

그녀의 물음에 쾌도비는 가볍게 고개를 가로저었다.

"전혀 모르오."

"우리 남령부는 말이야……."

그녀의 표정이 쓸쓸해졌다.

첫날 배는 삼십여 리밖에 가지 못하고 밤이 되자 강가의 작은 포구에 정박했다.

이곳 청수하의 상류는 강폭이 넓어졌다가 좁아졌다 들쑥날쑥해서 정상적인 속도를 낼 수 없기 때문이다.

또한 배는 밤에는 운항을 하지 않는 것이 원칙이다. 그래서 밤에는 포구에 정박했다가 다음 날 아침에 동이 터야 다시 출발을 하기 때문에 다들 선창에 내려가서 잠을 청했다.

갑판에 있는 삼 층 선실은 요금의 다섯 배에 달하는 큰돈을 내야지만 사용할 수 있는 귀빈실과 선부들의 방이다.

대다수의 승객들은 갑판 아래 커다랗고 넓은 세 칸의 선창에 모여서 밤을 보내고 있다.

삼혜현에서 오십여 일 동안 장장 이천삼백여 리를 가는 뱃삯은 은자 닷 냥이며 구리돈으로는 백오십 냥이다.

백성에게든 장사치에게든 그건 매우 큰돈이다. 그들은 은자 닷 냥 이상의 돈을 벌기 위해서, 아니면 매우 급한 일로 배를 탔을 것이다.

쾌도비는 삼혜현까지 타고 왔던 장영표국의 말을 어젯밤 객잔에 은자 열닷 냥을 받고 팔았다. 배를 타면 말은 더 이상 필요하지 않으니까 반값에 넘겼다.

현재 그가 지니고 있는 돈은 은자 오십 냥과 부스러기 각전 정도가 전부다.

그것으로 두 사람이 낙양까지 가려면 턱도 없이 모자랄 판국이다.

쾌도비 혼자 같으면 풍찬노숙(風餐露宿) 따위야 아무것도 아니지만 주소옥과 함께 여행을 하는 중이니까 밤에는 꼭 객잔에서 자고 주루에서 식사를 해야만 한다.

그러므로 요행이 추격대를 무사히 따돌린다고 해도 쾌도비가 여행 도중에 여러 군데에서 푼돈이라도 벌어야 하는 상황이다.

"추워……."

주소옥은 지독한 추위 때문에 몸을 새우처럼 웅크린 채 가늘게 떨면서 잠을 이루지 못했다.

배는 나무로 만들었기 때문에 갑판이나 선실 등 특정한 장소를 제외하고는 일체 불을 피우지 못한다.

그러나 다른 사람들은 이불 따위 추위를 피할 수 있는 물건들을 준비해 온 터라서 그나마 추위를 피하고 있으나 쾌도비와 주소옥은 입고 온 옷이 전부다.

쾌도비는 벽에 기대서 책상다리로 앉아 있고 주소옥은 그 옆에서 잔뜩 웅크린 채 떨고 있다.

그녀를 물끄러미 굽어보던 쾌도비는 몸을 눕혀서 그녀 옆에 마주보는 자세로 누워 손을 뻗어 가볍게 끌어당겨 품에 안았다.

"아……."

그녀는 사막을 건너다가 옹달샘을 만난 듯이 쾌도비의 품으로 파고들었다.

"너무 추워… 죽을 것 같아……."

그의 가슴에 얼굴을 묻은 그녀는 온몸을 오들오들 떨었다. 그는 그녀의 몸이 얼음장처럼 차고 뼛속까지 추위가 스며들었다는 것을 깨달았다.

그녀는 너무 추워서 쾌도비의 몸속으로 들어가기라도 하려는 듯 자꾸만 파고들었다.

이날까지 고귀하게만 살아온 그녀로서는 이런 추위는 생전 처음일 터이다. 그러나 이것은 그녀가 남령부를 떠난 이후 느끼고 겪어야 할 수많은 낯선 경험 중에 하나일 뿐이고 또한 시작이다.

쾌도비는 약간의 공력을 일으켜서 몸을 따뜻하게 하는 한편 활짝 펼친 손바닥으로 그녀의 등을 부드럽게 쓰다듬으면서 열기를 주입시켰다.

주소옥은 그의 가슴에 가쁜 숨결을 토했다.

"아… 쾌도비 품은 너무 따뜻해……. 이제 살 것 같아… 더 꼭 안아줘……."

그녀는 이내 잠이 들었으나 쾌도비는 잠들지 않고 아까 아침에 주소옥이 해주었던 남령부에 대한 설명을 다시 떠올려 반추했다.

원래 전대 황제가 죽기 전에는 주소옥의 부친 주휘광이 태자로 봉해졌었다.

그는 다섯 명의 왕자 중에 넷째였으나 형제 중에서 가장 총명하고 또 용맹하며 덕망까지 갖추고 있어서 선황을 비롯한 많은 사람의 사랑을 한 몸에 독차지했고, 그러므로 자연히 태자가 되었었다.

그런데 황제가 붕어한 후 유언은 지켜지지 않았다. 형제 중에서 가장 야심만만하고 난폭한 둘째 주진락(朱眞樂)이 이미 자금성의 동창(東廠)과 서창(西廠)은 물론이고 황궁호위고수까지 완벽하게 휘하에 거두어두고 기회만 노리고 있다가 모반을 일으켜 순식간에 자금성 전체를 장악해 버리고 말았다.

다른 형제와 고관대작들은 세력이 이미 주진락의 손아귀에 들어갔다는 사실을 인정하고 그에게 충성을 맹세함으로써 목숨을 부지했다.

그러나 주휘광은 둘째 형 주진락의 모반을 인정하지도 부정하지도 않고 다만 침묵했다.

인정하면 주진락의 아래에서 목숨을 부지하겠지만, 부정하면 가차 없이 처형당하고 말 운명이었다. 그의 처형은 가문 전체의 떼죽음과 몰락을 의미한다.

결국 주진락은 주휘광을 죽이지 못했다. 죽일 명분을 찾지 못했기 때문이다.

만약 무리를 해서 아무 명분도 없이 주휘광을 죽인다면 그것이 빌미가 되어 그를 따르는 형제들과 중신들, 특히 병권을 장악하고 있는 장군들이 반란을 일으킬 수도 있는 상황이었다.

그래서 주진락이 선택한 최선의 방법이 주휘광을 변방 운남성으로 유배를 보내는 것이었다.

고산지대 척박한 불모지에 남만의 오랑캐 이족들이 득실거리는 운남성으로 보내면 제아무리 주휘광이라고 해도 날개 부러진 독수리 신세가 될 것이라고 계산한 것이다.

그렇게 이십이 년이라는 세월이 흘렀으며 주휘광은 자금성과 세상에서 잊힌 존재가 되었다.

그렇지만 그는 불모지 운남성에서 몰락한 대리국의 공주 단사연과 혼인을 하여 숨죽인 채 살면서 이십이 년 동안 차근차근 세력을 키웠다.

하지만 그가 아무리 수만 명의 사병과 날고기는 고수들을 거느렸다고 해도 그 정도로 대명제국을 무너뜨린다는 것은 어불성설이다.

그는 단지 언제든지 마음이 변하여 곤명으로 군대를 보낼지 모르는 둘째 형 주진락의 살수로부터 자신과 가족을 지키려는 자위 차원에서 세력을 길렀을 뿐이었다.

　아침. 선창의 사람들이 잠에서 깨어나 술렁거리는 소리에 주소옥도 깨어나서 쾌도비 품속에서 꼼지락거렸다.
　그녀는 고개를 들고 굴강한 윤곽의 쾌도비의 턱을 바라보며 소곤거렸다.
　"정말 기분 좋게 푹 잤어."
　그녀는 그의 가슴에 도리도리 얼굴을 비볐다.
　"내 평생 꿈 한 번 꾸지 않고 이렇게 편하게 자보기는 처음이야. 심신이 날아갈 것 같아."
　희한한 일이다. 더 이상 화려할 수 없을 정도로 좋은 비단 금침에서도 맛보지 못했던 따뜻함과 안락함을 이곳 딱딱한 나무 바닥과 쾌도비의 품속에서 느끼다니 말이다.
　물론 딱딱하고 차가운 나무 바닥 때문이 아니라 쾌도비의 품속에서 맛본 최고의 안락함이었다.
　그러나 쾌도비는 그녀를 떼어내고 묵묵히 일어나서 밖으로 나가 버렸다.

第十七章

성화요원(星火燎原)

작은 불씨가 퍼져서 넓은 들을 태운다

남령부의 최고수 구양웅은 자봉공주를 추격하고 있는 어느 방파의 당주 한 명을 사로잡아 심문하여 현재 상황에 대하여 어느 정도 알아냈다.

그는 어제 늦은 밤에 귀주성의 성도 귀양성 인근에 도착했을 때까지만 해도 이 사건의 자세한 내막에 대해서는 전혀 모르고 있었다.

단지 자봉공주를 호위하고 있는 남령부의 왕궁무사들과 호위대, 그리고 남령군이 정체를 알 수 없는 세력에게 여러 차례 습격을 받아서 많은 인원이 죽었으며, 남은 인원이 자봉공주를 호위한 상태에서 쫓기고 있다고만 막연하게 알고 있을 뿐이었다.

구양웅은 귀양성 인근에 도착하여 제일 먼저 거리에 떠도는 여러 소문을 수집했었다.

하지만 별로 신통치 않은 내용들이었다. 겨우 건져낸 바에 의하면 자봉공주가 추격대에 쫓기고 있다는 막연한 뜬소문 같은 내용이었다.

그래서 구양웅은 자신이 직접 측근들을 이끌고 거리로 나가서 추격대에 속한 어느 방파의 당주 한 명을 어렵지 않게 제압했다.

거리 어디에서든 눈에 보이는 거의 대부분의 고수나 무사가 자봉공주를 쫓는 추격대라고 해도 과언이 아닐 정도였기 때문이다.

제압한 당주에게 알아낸 바에 의하면 자봉공주는 이곳에 없는 것이 분명했다.

그리고 추격대가 아직도 그녀를 수색하고 있는 것을 보면 그녀가 아직 죽지 않았을 수도 있는 듯했다.

추격대의 배후가 누구인지는 제압한 당주도 모르고 있었다. 그러나 한 가지, 귀주성과 호남성, 사천성, 호북성의 수백 개 방파와 문파가 이 일에 동원됐다는 사실을 알아냈다.

배후가 누구인지는 몰라도 삼 개 성의 방파와 문파들을 동원하다니 엄청난 세력이나 인물임에는 틀림이 없다.

또 하나. 자봉공주의 마지막 모습은 수문현 인근 험준한 산 속에서 급류에 추락하여 떠내려간 것이라고 한다. 그곳에서 그녀를 호위하던 마지막 세 명이 죽었다.

그러므로 현재 그녀의 생사는 묘연하다. 죽었을 수도 있으며 살아 있을 수도 있다. 추격대가 찾고 있는 것은 그녀의 몸뚱이다. 죽었다면 추격을 거둘 것이고, 살아 있다면 계속 추격할 것이다.

캄캄한 한밤중. 귀양성 인근의 숲 속에 삼천삼백여 명이 모여 있다. 그러나 쥐 죽은 듯이 고요하다.

그들은 울창한 겨울 숲에 최대한 밀착하여 최소한 작은 공간에 앉아 있지만 언뜻 보면 아무도 없는 것 같았다.

그들의 앞쪽에 구양웅을 비롯한 몇 명의 지휘자가 모여서 최종 숙의를 하고 있다.

구양웅은 심문을 마치고 나서 당주를 죽여 묻은 이후 한 시진 가량 깊은 생각에 잠겨 있었고, 이후에 측근들과 숙의에 숙의를 계속하고 있는 중이다.

그는 형산파(衡山派) 장문인의 적전제자의 신분으로 평소 장문인과 교분이 두터운 남령왕에게 이십삼 세 때 천거되어 벌써 오 년째 남령부 왕궁총대장(王宮總大將)의 지위를 지키고 있다.

　형산파 장문인이 장담하기를, 구양웅은 형산파 창건 이래 가장 젊은 나이에 최고의 경지에 오른 최고수라며 칭찬을 아끼지 않았었다.

　그의 나이 이제 겨우 이십팔 세이며 다음 대 형산파 장문인에 내정되어 있고 동시에 남령부 왕궁총대장이라는 신분을 지니고 있다.

　"이렇게 합시다."

　오랜 침묵 끝에 비로소 구양웅이 진중하게 입을 열었다.

　그가 형산파에서 남령부로 올 때 함께 온 두 명의 사제를 제외한 측근들은 그보다 나이가 많기 때문에 그는 언행에 조심하고 예의를 차리고 있다.

　그는 잘려 나간 나무그루터기에 앉아 있으며, 두 명의 사제는 좌우에 서 있고, 남령군 상장군(上將軍)과 좌우장군 두 명, 그리고 왕궁무사 상위 세 명이 앞쪽에 책상다리를 하고 반원형으로 나란히 앉아서 구양웅을 응시하고 있다.

　남령부에는 총 사백 명의 왕궁무사가 있는데 지난번 자봉공주의 낙양행 때 오십 명이 호위를 나섰으며, 남령부에 오십 명이 남았고, 이곳에 대거 삼백 명이나 와 있다.

　남령군은 크게 왕군(王軍)과 전군(戰軍)으로 나뉘며 지난번 자봉공주를 호위했던 군사는 왕군이고 지금 이곳에 있는 삼천삼백 명 중에 삼천 명은 전군이다.

왕군은 남령부 안팎을 경호하는 군사이고, 전군은 전투, 즉 싸움만을 목적으로 고도로 훈련된 군사다.

"우선은 총력을 기울여서 공주님을 찾는 것이 급선무요. 그러기 위해서는 우리 전체가 위장을 해야 하고 넓게 흩어져야만 할 것이오."

세 명의 상위와 세 명의 장군은 구양웅이 남령왕에게 얼마나 전폭적인 신뢰를 받고 있는지, 그리고 그의 무공이 얼마나 출중한지 잘 알고 있기에 매우 공손한 자세로 그의 말을 경청했다.

"우리 모두 평상복으로 갈아입고 나서 최소 단위인 세 명씩 조를 이루어 흩어져 호남성과 사천성, 호북성 일대를 수색합시다."

남령군 오만 명을 총지휘하는 상장군 곽우(郭羽)가 움찔 놀라고 나서 진중히 말했다.

"너무 멀리 잡는 것 아니오?"

"상장군께선 공주님께서 생존해 계시는 것 같소? 아니면 변을 당하셨을 것 같소?"

구양웅은 진중하면서도 날카롭게 물었다. 예의상의 대답을 원하는 것이 아니라 제압한 당주라는 자의 심문을 함께 들었고, 거리에서 수집한 정보들도 같이 들었으드로 거기에 대한 냉정한 판단을 요구하는 것이다.

상장군은 자신이 생각하고 있던 바를 머릿속으로 정리한 후 대답했다.

"만약 공주님께서 돌아가셨다면 추격대가 이처럼 대대적으로 수색을 하고 있을 리가 없지요. 만에 하나 공주님께서 불행히도 돌아가셔서 시신을 찾으려 한다면 산속을 뒤져야지 관도나 거리 길목마다 검문을 세우고 수색을 할 이유가 없다고 보오. 그러므로 공주님께선 살아 계시는 게 분명하오."

"그렇소. 내 생각도 같소."

구양웅은 힘껏 고개를 끄떡인 후 말을 이었다.

"아까 당주라는 자의 실토에 의하면 공주님을 호위하는 왕궁무사와 호위대, 남령군은 전멸했다고 했소."

모두의 표정이 어두워졌으나 반면에 구양웅의 얼굴에는 한줄기 희망이 어렸다.

"그런데도 공주님께서 살아 계시고 또 산속에 계시지 않다면 지금쯤 어디에 계실 것 같소?"

"아……."

"오……."

상위들과 장군들은 어떤 사실을 깨닫고 거의 동시에 나직한 탄성을 터뜨렸다.

　"내 짐작이 틀리지 않다면 추격대는 귀주성에 거의 남아 있지 않을 것이오. 아마도 귀주성에서 호남성, 사천성으로 넘어가는 경계지역에 집중되어 있을 것이오. 그것은 이미 공주님께서 귀주성을 벗어나셨거나 벗어나려 하신다는 뜻이 아니겠소?"

　상위들과 장군들도 구양웅의 말에 전적으로 동감했다. 그의 말을 듣기 전까지는 깨닫지 못했으나 말을 듣고 나서야 분명히 그럴 것이라고 확신했다.

　"아무래도 공주님께선 요행히 누군가의 도움을 받고 계신 것 같소. 그래야지만 지금의 상황을 이해할 수가 있을 것 같소. 또한 공주님을 돕는 인물은 무위가 매우 뛰어난 것이 분명하오. 수많은 추격대를 따돌리면서도 공주님을 무사히 보호하고 있다면 굉장한 인물일 것이오. 그것은 그야말로 하늘이 도우신 것이오."

　모두들 고개를 크게 끄떡였다.

　구양웅은 결론을 내렸다.

　"나는 왕궁무사들을 이끌고 오히려 추격대를 훨씬 앞질러가서 되돌아오며 공주님을 찾아보겠으니 상장군께선 이곳에서부터 빠른 속도로 훑으시오."

　"알겠소."

　그의 입에서 나오는 계획들은 하나같이 기발하면서도 시

기적절한 것뿐이다.

*　　　*　　　*

쾌도비와 주소옥이 탄 배는 열흘 만에 사백여 리를 운항하여 마침내 호남성 서남쪽으로 들어섰다.

강 양쪽의 경치가 순식간에 변했다. 귀주성에서는 줄곧 산뿐이었는데 호남성으로 들어서자마자 거짓말처럼 주변의 경치가 들판으로 바뀌었다.

그리고 이틀이 더 지나서 배는 홍강(洪江)이라는 강변 마을에 도착했다.

홍강. 넓고 큰 강이라는 뜻이다. 그곳에서 청수하와 거수(渠水), 무수(巫水), 홍강 등 네 개의 강이 합쳐져서 마침내 원강이 되기 때문이다.

또한 그곳에서부터 원강은 방향을 크게 틀어서 도도히 북쪽으로 흐른다. 마침내 동정호로의 진짜 기나긴 여정이 시작되는 것이다.

홍강은 현이 아닌 마을에 불과하지만 귀주성에서 흘러온 청수하와 사천성(四川省) 산악지역에서 남하하는 홍강, 광서성(廣西省)에서 흘러온 거수, 호남성 남부지역에서 북상하는 무수 덕분에 각 지역의 토산물이 어마어마하게 모여드는 곳이라 웬만한 현을 능가할 정도로 크고 번화함을 자랑하고 있다.

"저기가 홍강인가 봐."

쾌도비와 배의 난간에 나란히 서 있는 주소옥이 저 멀리 수많은 배로 북적이는 포구를 바라보면서 밝은 표정으로 말했다.

"저기에서 얼마나 머문대?"

"두 시진이오."

삼혜현을 출발한 배는 이곳까지 오는 동안 강가에 있는 모든 현이나 마을에 들러서 사람들과 짐을 내리고 싣기를 반복했었다.

배에 탄 사람 중에서 종점인 동정호의 상덕현에 가는 사람은 그리 많지 않다.

대부분 중간에서 내리고 또 새로운 사람들이 타면서 이합집산을 거듭하고 있다.

이곳 홍강에서는 많은 사람과 짐들을 싣고 내리기 때문에 다른 곳보다 두 배나 길게 머문다고 했다.

"그사이에 목욕을 할 수 있을까?"

주소옥은 포구를 바라보면서 조금 간절한 표정을 지었다. 수만 명의 생사를 쥐락펴락하고 또 제아무리 맛있는 요리마저 거들떠보지 않으며 온갖 호사를 누렸던 소녀가 지금은 목욕 한 번 하면 소원이 없겠다는 표정을 짓고 있다. 과연 환경이 사람을 만든다는 말이 맞는 것 같다.

쾌도비는 대답하지 않았다. 삼혜현 객잔에서 젖은 수건으로 몸을 닦은 후 십삼 일씩이나 목욕을 하지 않은 그녀가 얼마나 몸이 꿉꿉하다고 여길지 짐작은 하고 있지만 지금의 여러 사정상 목욕은 좋지 않다.

우선 목욕을 하려면 객잔에 들어야 하는데 문제는 돈이다. 여기까지 오는 동안 배 안에서 식사를 해결하느라 이미 은자 두 냥을 써버렸다.

이런 식이라면 동정호에 도착할 때까지 은자 열 냥은 쓸 것이라는 계산이 나온다.

둘이 먹은 밥값만 은자 열 냥이라니 지나친 낭비다. 지금부터라도 돈을 아껴야만 한다.

쾌도비가 주소옥의 목욕을 꺼리는 두 번째 이유는 그녀의 역용을 지우고 새로 해야 하기 때문이다.

현재 그녀는 삼혜현에서 역용을 하고 나서 한 번도 지우지 않은 상태다.

저절로 역용이 지워지거나 번지지 않았을까 쾌도비가 수시로 점검을 하지만 오히려 그 반대다.

십삼 일이 흐르면서 역용이 오히려 아주 자연스럽게 변해 어떤 전문가가 보더라도 그녀가 역용을 했다는 사실을 발견하지 못할 정도가 됐다.

그런데 목욕을 하면 그 역용을 지우고 새로 해야만 한다. 그것도 그렇지만 목욕을 하는 시간에 역용을 하는 시간을 더하면 과연 두 시진 안에 할 수 있을지 그것도 자신이 없는 것이다.

"안 되오."

쾌도비가 딱 부러지게 말하자 주소옥은 입술을 삐죽거리면서 볼멘소리를 했다.

"내 몸에서 지독한 냄새가 나."

두 사람이 늘 붙어 있으며 특히 밤에 잠을 잘 때에는 쾌도비가 그녀를 안고 자기 때문에 그러는 것이다.

쾌도비는 씁쓸한 표정을 지었다.

"나는 더 오랫동안 목욕을 못했소."

그는 목욕을 못한 지 한 달이 넘었다.

주소옥은 사람들이 이쪽으로 다가오는 것을 보고 말투를 바꾸었다.

"그래도 형은 냄새가 안 나잖아."

일부러 목소리를 굵게 하고 또 쾌도비를 형이라고 불렀다.

사람들이 지나가자 그녀는 다시 원래의 목소리를 냈다.

"그렇지만 여자는 달라. 며칠만 씻지 않으면 냄새가, 아니,

악취가 심해져.”

“똑같은 사람인데 나하고 다를 게 뭐가 있소?”

쾌도비는 그녀가 목욕을 하고 싶어서 억지를 부린다고 생각했다.

“달라.”

“그만두시오.”

“멍청이.”

탁!

주소옥은 발끝으로 그의 정강이를 걷어찼다. 그가 자신의 유일한 희망이고 그가 아니면 자신은 죽은 목숨이나 다름이 없다는 사실을 잘 알면서도 지금 같은 상황에서는 성질을 이기지 못한다.

그가 물끄러미 쳐다보자 주소옥은 주위를 둘러보고 나서 그에게 바짝 다가서 품에 안기듯 하며 소곤거렸다.

“나 안고 잘 때 냄새 못 맡았어?”

그녀의 몸 앞면이 쾌도비의 몸 앞면에 닿았고 봉긋한 젖가슴은 그의 배를 눌렀다.

그러고 보니까 그녀에게선 생선 썩은 악취 같은 퀴퀴한 냄새가 났던 것 같았다.

그가 가만히 있자 그녀는 조금 더 용기를 내서 그의 가슴을 만지작거리면서 얼굴을 붉혔다.

“여자는 거길 안 씻으면 냄새가 심해.”

“거기가 어디요?”

“정말 너…….”

그녀는 발끈했으나 쾌도비가 알면서도 모른 체할 사람이 아니라는 것을 잘 알고 있다.

그녀는 한 걸음 뒤로 물러나서 아래를 굽어보며 손가락으로 자신의 하체 은밀한 부위를 가리켰다.

“여기…….”

산전수전 경험이 풍부한 쾌도비로서도 왜 여자의 거기를 며칠 동안 씻지 않으면 악취가 심해지는지에 대해서는 알지 못했다.

하지만 주소옥처럼 오만한 여자가 부끄러움을 무릅쓰고까지 그렇게 말하는 데에는 이유가 있을 것이라는 생각에 더 묻지 않았다.

그녀는 한 걸음 더 물러나서 쾌도비를 쏘아보며 자신의 결심을 단호하게 밝혔다.

“알아서 해. 나는 무슨 일이 있어도 목욕할 거야.”

그녀의 얼굴이 붉어진 것은 부끄러움 때문인지 화가 나서인지 알 수가 없다.

드디어 배가 홍강 포구에 정박하고 배에서 사람들이 줄을 지어 포구에 내렸다.

쾌도비와 주소옥도 손을 꼭 잡고 사람들 틈에 섞여서 포구
에 내려섰다.

주소옥은 목욕을 하느냐 마느냐 때문에 화가 났으나 쾌도
비의 손을 잡는 것을 절대 잊지 않았다. 그는 그녀의 생명줄
이기 때문이다.

"저기… 저 사람입니다."

포구에서 멀지 않은, 그리고 포구가 한눈에 내려다보이는
어느 주루의 이 층 창 안쪽에서 한 사람이 포구에서 거리로
나란히 걸어오고 있는 쾌도비와 주소옥을 가리키며 공손한
목소리로 말했다.

주루의 창 안쪽 창가 자리에는 두 사람이 마주보는 자세로
앉아 있다.

창밖 저만치의 쾌도비를 가리키고 있는 사람은 오십대의
볼품없는 평민으로 그는 사실 삼혜현 포구 근처 어느 객잔의
주인이라는 신분이다.

"틀림없느냐?"

"틀림없습니다. 저렇게 건장하고 잘생긴 청년은 흔하지 않
거든요."

"그에게서 그 말을 샀다는 말이지?"

"그렇습니다. 은자 열닷 냥에 샀습니다."

“그만 됐다.”

객잔 주인의 말을 막은 인물은 청의 장삼을 입고 있는데 상의 앞섶 사이로 안쪽에 피처럼 붉은 혈의를 입고 있는 것이 얼핏 보였다.

그는 사신이십오령에 속한 무극사령(無極四領)이며 그가 여기까지 온 것은 결코 우연이 아니다.

이것은 광범위하게 전개된 철저한 수색과 치밀한 두뇌회전, 그리고 발 빠른 순발력의 결과다.

열흘 전. 자봉공주를 쫓는 추격대의 몇 명이 귀주성 진원현 외곽의 송림 안에 죽어 있는 한 무리의 시체와 장영표국 깃발이 나부끼고 있는 수레, 그리고 수레에 묶여 있는 한 필의 말을 발견했다. 원래는 두 필이었는데 한 필은 사라진 상태였다.

오래지 않아서 보고를 받고 현장에 도착한 무극사령은 그 즉시 평월현 장영표국으로 사람을 보내서 어떻게 된 일인지 알아냈다.

한 소녀가 장영표국에 금강석 하나를 주고 자신을 낙양까지 호위해 달라고 요구를 했다는데, 무극사령은 그 소녀의 용모가 자봉공주와 흡사하다는 사실까지 알아냈다.

여기에서 무극사령의 치밀한 두뇌가 빛을 발했다. 그는 누군가 표사와 쟁자수, 그리고 박도문의 하오문도를 모두 죽이고 자봉공주와 함께 수레의 말을 타고 사라졌을 것이라고 추리했다.

이어서 무극사령은 장영표국 소유의 말 엉덩이에 인장(印章)이 새겨져 있다는 사실을 확인하고 즉각 전 추격대에 장영표국의 말을 찾으라는 수배령을 내렸다.

그리고는 이틀 만에 그 말이 삼혜현에 있다는 사실이 밝혀졌고 무극사령은 삼혜현으로 달려갔다.

그곳에서 그는 어느 객잔의 주인이 마방(馬房)에 말을 팔러 왔으며 그 말이 바로 진원현 인근 송림에서 사라진 장영표국의 말이라는 사실을 확인했다.

객잔 주인에게 묻자 술술 다 털어놓았다. 객잔 주인은 겉으로는 어수룩해 보이지만 이십 년 동안 객잔을 운영하면서 능구렁이가 다 된 인물이었다.

그는 손님 중에서 말을 타고 온 선남선녀 같은 한 쌍의 남녀를 또렷하게 기억하고 있었다.

그뿐만이 아니라 다음 날 아침에 보니까 아리따운 소녀는 간 데 없고 웬 추하게 생긴 곰보 소년이 청년과 함께 객잔을 나섰다.

더구나 그 청년에게 좋은 말을 헐값에 샀기 때문에 객잔 주인은 그에 대해서 제대로 잘 기억하고 있었다.

객잔 주인은 두 손을 비비면서 무극사령을 바라보았다.

"헤헤… 약속하신 것은…….

객잔 주인은 자신에게 말을 판 사람을 찾아내면 상금을 주겠다는 무극사령의 말에 만사 제쳐 두고 따라나섰었다.

사실 그가 순순히 따라나서지 않았다면 아주 험한 꼴을 당하고 나서 끌려왔을 것이다.

그걸 짐작하기에 객잔 주인은 순순히 따라나서 돈을 버는 쪽을 선택했던 것이다.

무극사령은 수소문 끝에 말을 판 청년과 곰보 소년이 삼혜현 포구에서 동정호 상덕현까지 가는 배를 탔다는 사실을 알아내기에 이르렀다.

그리고는 객잔 주인을 데리고 청수하를 따라 동북진하면서 배를 추격했으며, 끝내 팔 일 만에 이곳 홍강에서 목표로 삼은 사람을 찾아낸 것이다.

무극사령이 가볍게 고개를 끄떡이자 그의 뒤에 서 있던 두 명의 무극사신 중 무극구령(無極九領)이 하나의 주머니를 객잔 주인 앞 탁자에 내려놓았다.

철렁…….

"가, 감사합니다요… 나리…….

묵직한 돈주머니를 두 손으로 받아 쥔 객잔 주인은 주머니를 만지는 손의 감촉과 무게감만으로 그 안에 반짝이는 은자가 들었으며 또한 어느 정도의 액수일지 가늠하고는 급히 일어나 연신 굽실거리며 인사를 하고 나서 계단 쪽으로 총총히 걸어갔다.

무극사령은 어느덧 주루 쪽으로 많이 가깝게 다가와 있는 쾌도비와 주소옥에게서 시선을 떼지 않으며 나직이 중얼거렸다.

"일단 저 둘을 미행하면서 살펴보도록 하자."

그는 조금 전까지만 해도 자봉공주가 변장한 것이 곰보 소년이며, 그를 데려간 인물은 절정고수일 것이라고 짐작하고 있었다.

그런데 쾌도비를 보는 순간 생각이 바뀌었다. 아무리 잘 봐주려고 해도 이제 겨우 이십 세가 될까 말까 한 청년이 절정고수일 것이라는 생각은 들지 않았다.

그래서 실수를 하지 않기 위해서 일단 그를 미행하면서 살펴보기로 결정했다.

"우선 먼저 갈 곳이 있어."

꽤 오랜 만에 번화한 마을에 들어선 주소옥은 조금 흥분한 듯한 얼굴로 주위를 두리번거리면서 쾌도비의 손을 잡아끌었다.

쾌도비는 묵묵히 그녀가 손을 잡아끄는 대로 따라갔다. 하지만 그녀는 거리 변에 면한 점포를 일일이 살피면서 계속 걸

어가기만 할 뿐이지 어딜 가야 하는지 자신도 모르는 것 같았
다.

그녀를 목욕까지 시켜야 하는 쾌도비로서는 서둘러야 하
는 입장이다.

"무얼 찾는 거요?"

주소옥은 약간 초조한 표정을 지으며 대답했다.

"월경포(月經布:생리대)를 구해야 해."

무심코 대답했다가 그녀는 흠칫 놀라서 걸음을 멈추고 그
를 돌아보았다.

쾌도비는 그녀가 왜 조급해하는지 이유를 알았다. 젊은 여
자들은 한 달에 한 번 월경을 하며 그때는 월경포가 필요하다
는 사실을 그도 알고 있다.

누나하고 오랫동안 생활을 했기 때문에 자연스럽게 알게
된 사실이다.

사람이 밥을 먹고 잠을 자야 하는 것처럼, 젊은 여자가 월
경을 하는 것은 아기를 낳을 준비가 되어 있다는 지극히 당연
한 현상이다.

어째서 밥 먹거나 잠을 자는 것은 떳떳하고 월경을 하는 것
은 부끄러워해야 하는지도 의문이다.

탁!

"뭘 우두커니 서 있는 거야? 너도 어서 찾아봐."

주소옥이 부끄러움을 그의 정강이를 걷어차는 것으로 대신해서 표현했다.

사실 그녀는 월경 때가 되면 시녀들이 갖다 바치는 최고급의 월경포만 사용해 봤었기 때문에 이런 거리에서는 한 번도 월경포를 사본 적이 없어서 어디에서 어떻게 사야 하는지 암담하기만 했다.

포목점 여주인은 키가 크고 훤칠한 잘생긴 청년과 보통 키에 아주 못생긴 곰보 소년이 점포 안으로 들어서자 반갑게 맞이했다.

"어서 오세요. 뭘 찾으세요?"

주소옥이 꼭 잡고 있는 쾌도비의 손을 힘주어 잡았다. 네가 말하라는 것이다.

"월경포를 주시오."

여주인은 남자들이 월경포를 사러오는 경우가 매우 드물기 때문에 뜻밖이라는 표정을 지었다가 곧 배시시 장사꾼의 미소를 지었다.

"얼마나 드릴까요?"

쾌도비가 주소옥을 굽어보자 그녀는 입만 벙긋거리면서 '대충' 이라고 말했다.

"대충 알아서 주시오."

월경포 열 장을 넣은 쾌도비의 봇짐이 두툼해졌다. 두 사람
은 다시 거리로 나와 걸으면서 마땅한 객잔을 찾느라 두리번
거렸다.

그때 쾌도비의 눈이 한곳에 멈추었다.

'저 사람은?'

칠팔 장 떨어진 인파 속에서 두 손을 누비옷 소매 속에 찔
러 넣은 채 뭐가 좋은지 희희낙락하면서 포구 쪽으로 걸어가
고 있는 오십대 남자는 삼혜현에서 쾌도비가 말을 팔았던 객
잔 주인이 분명했다.

좋게 생각하면 수백 리나 멀리 떨어진 삼혜현의 객잔 주인
이 이곳에 나타날 수도 있다. 하지만 그런 일은 절대로 흔하
게 일어나지 않는다.

쾌도비의 머리가 빠르게 회전하면서 자신과 객잔 주인하
고의 연결고리를 찾아냈다.

그는 객잔 주인에게 말을 팔았으며, 그 말은 장영표국의 소
유다. 어쩌면 말에 장영표국의 표식이나 인증이 새겨져 있었
는지도 모른다. 그때는 자세히 살펴보지 않았으나 충분히 그
럴 수 있는 일이다.

어쩌면 추격대는 진원현 인근 송림 속의 장영표국의 수레
와 표사, 쟁자수, 그리고 박도문 하오문도들의 시체를 발견했

을지도 모른다.

그래서 장영표국에 알아보면 역용을 하기 전의 주소옥이 자신을 낙양으로 호위해 달라면서 금강석 하나를 줬다는 사실을 알아내는 것은 어려운 일이 아니었을 것이다.

송림 속 수레에 묶여 있는 두 필의 말 중 한 필이 보이지 않으므로 주소옥과 그녀를 구한 사람이 그 말을 타고 갔을 것이라고 추리하는 것도 쉬운 일이다.

그러면 그 말을 찾아내기만 하면 주소옥의 행방을 알 수 있을 터. 그렇게 해서 쾌도비에게 말을 산 객잔 주인이 이곳에 온 것일 게다.

그렇다면 이 주변에 추격대가 있는 것이 틀림없다. 아니, 객잔 주인이 혼자 포구 쪽으로 가고 있는 것으로 미루어 이미 자신의 할 일을 마치고 삼혜현으로 돌아가는 길인 듯하다. 그의 할 일이란 쾌도비를 알아보고 '바로 저 사람'이라고 지목한 것이 분명하다.

'우릴 감시하고 있다.'

객잔 주인을 발견하고 마지막 결론을 내리기까지 걸린 시간을 한 호흡에 불과했다.

'어쩌면 무극사신일지 모른다.'

그는 일개 방파나 문파의 인물이 이처럼 치밀하게 수색과 조사, 추리를 했을 것이라고 생각하지 않았다.

놈들이 아직 덮치지 않는 이유는 이곳에 주소옥이 없기 때문일 것이다. 그렇다면 놈들은 곰보 소년이 주소옥이라는 사실을 모르고 있다.

이것은 절체절명의 위기다. 그러면서 또한 무극사신과 마주칠 수 있는 기회이기도 하다.

몇 번의 경험을 통해서 그는 가끔은 기회가 위기의 모습을 하고 있다는 사실을 깨달았었다.

"쾌도비, 저쪽으로 가보자."

'이런……'

그때 아무것도 모르는 주소옥이 여자의 목소리로 종알거리는 것을 듣고 쾌도비는 아차 싶었다.

만약 누군가 가까이에서 미행을 하고 있다면 그녀가 방금 무심코 한 짧은 말이 두 가지 사실을 적에게 알려주는 꼴이 되고 말았다.

그녀가 곰보 소년이 아니라 여자라는 것. 그리고 쾌도비의 이름을 말했으니 그가 강호에 조금 이름이 알려진 탈명도라는 사실을 적에게 알려준 것이다.

쾌도비는 그녀가 이끄는 대로 가다가 일부러 마주 오는 행인과 어깨를 부딪쳤다.

"어이쿠!"

"미안하오."

그 사람이 쓰러지려는 것을 붙잡아주는 체하면서 재빨리, 그러나 자연스럽게 주위를 둘러보았다.

최소한 삼십여 명이 오 장 이내에 있었다. 그러나 그 짧은 순간 쾌도비는 두 명의 수상한 인물을 발견했다. 뒤쪽 이 장 거리 좌우에서 두 명이 행인들과 비슷한 속도로 다가오고 있었다.

평범한 행인과 무기를 지닌 무사, 특히 고수를 구분하는 것은 별로 어려운 일이 아니다.

다만 아주 짧은 순간에 많은 행인 속에서 찾아내는 것이 어려울 뿐이다.

주소옥은 쾌도비가 행인하고 부딪친 것을 그럴 수도 있는 일이므로 대수롭지 않게 생각했다.

[지금부터 아무 말도 하지 마시오.]

길가에 어느 객잔을 발견하고 부리나케 그곳으로 걸어가던 주소옥의 귀에 쾌도비의 전음이 전해졌다.

전음이라니, 더구나 쾌도비의 목소리에는 팽팽한 긴장이 흐르고 있어서 주소옥은 움찔했다. 그리고 순간적으로 무슨 일이 있음을 감지했다.

[미행이 두 명 있소. 객잔으로 들어갔다가 뒷문으로 빠져나가야겠소.]

전음이 다시 이어졌고 바짝 긴장한 주소옥의 걸음이 빨라지자 손을 잡고 있는 쾌도비가 손에 힘을 주어 그녀가 천천히 가도록 했다.

그녀는 자신이 서둘고 있음을 깨닫고 평정심을 유지하려고 애썼다.

그녀에 비해서 쾌도비의 행동은 태연자약했다. 그는 느긋하게 객잔에 들어섰으나 입구의 문이 닫히는 순간 한 팔로 주소옥의 허리를 안는 것과 동시에 뒷문을 향해 바람처럼 내달렸다.

휘익!

객잔의 주인과 점소이들이 깜짝 놀라서 분분이 비켜서고, 쾌도비는 순식간에 뒷문 밖 골목으로 튀어나갔다.

第十八章

맹호복초(猛虎伏草)

―호랑이가 풀숲에 엎드려 있다

잠시 후에 객잔으로 들어선 무극구령과 무극십령은 주인과
점소이들이 황당한 표정으로 서서 활짝 열려 있는 뒷문을 쳐다
보고 있는 것을 발견하고 뭔가 잘못됐다는 사실을 깨달았다.

"조금 전에 이곳에 들어왔던 두 명이 저기로 나갔느냐?"

무극구령의 물음에 주인과 점소이들은 대답은 하지 못하
고 고개만 크게 끄떡였다.

쾌도비는 주소옥을 업은 채 골목으로만 달려서 포구하고
는 반대 방향으로 전력 질주했다.

자신들이 삼혜현에서 배를 타고 동정호로 향했다는 사실을 추격대가 알고 있다고 판단했다.

삼혜현의 객잔 주인이 그것을 입증하고 있다. 그래서 추격대가 쾌도비의 얼굴을 알고 있는 객잔 주인을 앞세워서 이곳 홍강 포구에서 기다리고 있었던 것이다.

그러므로 포구로 가는 것은 포위망 안으로 제 발로 걸어 들어가는 격이다.

'이들은 평범한 추격대가 아니다. 무극사신이 직접 나선 것이 분명하다.'

비조행을 전개하여 전력으로 달리면서 쾌도비는 그렇게 확신했다.

홍강 마을을 벗어난 쾌도비는 서북쪽으로 뻗은 관도를 나는 듯이 달렸다.

관도에는 사람이 그와 주소옥뿐이라서 전력으로 달리는 데 지장이 없었다.

지금은 배를 타는 것도, 동정호로 가는 것도 목적이 아니다. 일단 위기에서 벗어나는 것이 급선무다.

무극사신은 홍강에 절대 혼자 오지는 않았을 것이다. 그러므로 홍강에서 놈들을 상대하는 것은 어리석은 짓이다.

지금은 일단 피했다가 추후에 기회를 봐서 놈들에게 접근

하여 무극사신 한 명을 제압해야 한다. 그자에게 쿨어볼 것이
있기 때문이다.

지난번에 쾌도비가 죽였던 무극사신은 숨을 거두기 직전
에 놀라운 말을 남겼었다.

"너는… 무극사 문신이 있는 사람은 다 죽일 셈이냐……?"

쾌도비는 그자가 죽을 때까지도 무극사신이라는 사실을
모르고 있었다.

그 당시에 쾌도비는 그자의 품을 뒤져서 하나의 패를 찾아
냈었다.

이후 삭월부주를 제압하여 그것을 보였더니 무극사신패라
면서 크게 놀라며 팔신궁에 대해서 설명을 했었다.

쾌도비는 팔신궁이 강호십신비의 하나라는 정도로만 알고
있었지 자세히 듣기는 처음이었다.

그러나 쾌도비의 관심은 흑청사, 아니, 무극사 문신이 있는
무극사신뿐이다.

그런데 삭월부주의 말에 의하면 무극사신은 팔신궁의 최
하위며 무려 이백오십사 명이나 있다는 것이다.

말도 되지 않는 일이다. 누나의 유언을 따르자면 이백오십
사 명의 무극사신, 아니, 한 명이 죽었으니까 이백오십삼 명

을 모두 죽여야 한다는 뜻이다.

그럴 수는 없다. 그것은 불가능하다. 필경 누나의 원수는 이백오십삼 명의 무극사신 중에 한 명일 것이다.

그러므로 무슨 수를 써서라도 그자를 찾아내야만 한다. 방법은 하나뿐이다.

누나의 이름 예지연을 알고 있는 자가 원수일 것이다. 그게 누군지 알아내서 죽이는 것이다.

"쾌도비, 누가 쫓아온다."

주소옥의 말에 생각에 잠겨서 달리던 쾌도비는 움찔하며 급히 뒤돌아보았다.

오십여 장 뒤에서 한 무리의 무사, 아니, 고수가 놀라운 경공을 발휘하여 추격하고 있었다.

선두에는 세 명의 청삼인이다. 그중 두 명은 아까 홍강 거리에서 쾌도비를 미행했던 자다.

'무극사신이다.'

쾌도비는 선두 세 명의 경공술이 탁월한 것을 보고 그들이 무극사신이라고 직감했다.

쾌도비는 지난번에 무극사신하고 일대일로 싸웠을 때 막상막하였었다.

만약 오른팔을 사용하지 않았으면 그를 죽이지 못했을 것이다. 그러므로 무극사신 세 명과 싸우는 것은 좋지 않은 생각이다.

그런데 추격하는 자는 무극사신 세 명만이 아니었다. 그 뒤로 백여 명의 흑의를 입은 고수가 질풍처럼 달려오고 있었다.

흑의인들은 일개 평범한 무사가 아닌 것이 분명했다. 경공술을 전개하는 것만 봐도 알 수 있다.

팔신궁의 고수들은 아닌 것 같았다. 경공술이 무극사신에 비해서 쳐지는 수준이다.

그렇다면 무극사신이 또 다른 쟁쟁한 방파를 끌어들였을 것이다.

비조행은 놀라운 경공술이라서 쾌도비 혼자라면 능히 무극사신들을 따돌리고도 남음이 있다.

그러나 아무리 가벼운 여자라고 하지만 주소옥도 엄연히 사람이다.

그녀를 업고 있는 탓에 추격하고 있는 무극사신 등과 거리가 조금씩 좁혀들고 있었다.

초조해진 쾌도비는 달리면서 재빨리 주위를 살펴보았다. 관도의 왼쪽은 끝이 보이지 않는 드넓은 벌판이고 오른쪽에는 관도를 따라서 강이 흐르고 있다. 홍강이다. 관도를 벗어나서 도망칠 곳이 마땅치 않다.

관도 전방 아득한 곳에 산이 보이는데 거리가 최소한 십여 리는 될 것 같았다.

또한 전방에서 관도가 완만하게 왼쪽으로 굽었는데 왼쪽
에 야트막한 산이 있다.

아니, 산이 아니라 언덕 수준이다. 저기에 뛰어드는 것은
외려 자승자박하는 격이다.

이런 상황에서는 돌아서서 싸우는 것밖에 달리 방법이 없
다. 하지만 주소옥을 업고 있는 상태에서 적들을 물리치기는
커녕 과연 얼마나 버틸 수 있을까가 문제다.

주소옥은 두 팔을 쾌도비의 양쪽 겨드랑이 아래 찔러서 가
슴을 꼭 부여안았고, 두 발로는 그의 허리를 힘주어 안은 채
한 몸이 되었다.

그에게 많이 업혀봤기 때문에 이제 업히는 것은 밥을 먹으
려고 젓가락을 드는 것처럼 익숙해졌다.

그녀가 지금의 상황을 보는 견해는 쾌도비하고 크게 다르
지 않았다.

그하고 조금 달리 생각하는 점이 있다면, 자신이 그의 짐이
된다고 자각한다는 사실이다.

하지만 그녀 스스로 그에게서 떨어질 생각은 추호도 하지
않았다.

그와 떨어진다는 것은 곧 죽음이다. 천하에 어느 누가 죽기
를 원하겠는가.

아직 중요한 할 일이 남아 있으므로 절대 이대로는 죽을 수

가 없다. 그녀는 더욱 힘주어 그를 안았다.

쾌도비가 아직 어떤 결정을 내리지 못하고 있을 때 또 다른 어이없는 상황이 벌어졌다.

전방의 왼쪽으로 굽은 관도에서 한 무리의 사람이 나타나고 있었다. 야산 때문에 그들이 보이지 않다가 갑자기 불쑥 나타난 것이다.

처음에는 한두 명만 보이더니 굽은 관도에서 뒤따르는 자가 속속 나타나서 순식간에 삼십여 명으로 불었다. 그리고는 그들이 쾌도비 쪽으로 마주 달려왔다.

쾌도비는 관도의 앞뒤로 포위되고 말았다. 추격하는 무극사신 무리보다 전방의 삼십여 명을 상대하기가 조금 낫겠지만 결국 거기에서 거기다.

전방의 적들을 상대하다 보면 뒤쪽의 무극사신들이 도착할 테고, 그러면 독안에 든 쥐 꼴이다.

'벌판으로 간다!'

쾌도비는 결정을 내렸다. 아무리 절망적인 상황이라고 해도 빠른 결정만이 그나마 최소한의 희망을 부여한다는 사실을 그는 잘 알고 있다.

"아!"

그가 관도에서 왼쪽으로 방향을 틀려고 할 때 주소옥이 갑자기 나직한 탄성을 터뜨렸다.

그녀는 전방에서 달려오고 있는 무리의 선두를 보더니 갑자기 쾌도비의 등에서 몸을 곧추세우고 손을 흔들면서 반갑게 큰 소리로 외쳤다.

"구양총!"

쾌도비는 움찔했다. 구양총이라니, 설마 남령부의 인물이라는 말인가.

남령부 왕궁총대장 구양웅은 전방에서 마주 달려오고 있는 사람을 유심히 살펴보고 있었다.

후리후리한 키에 건장한 청년이 못생긴 곰보 소년을 업은 채 전력을 다해서 달려오고 있다.

그리고 그 뒤 삼십여 장 거리에서 일단의 고수가 맹렬히 추격하고 있다. 얼핏 봐도 청년과 곰보 소년이 쫓기고 있는 것이 분명했다.

하지만 구양웅은 자신들하고는 전혀 상관이 없는 일이라고 판단하여 그냥 스쳐 지나가려고 마음먹었다.

"구양총!"

바로 그때 귀에 익은 소녀의 목소리가 그를 불렀다. 그의 지위는 남령부 왕궁총대장이다.

그러나 그를 '구양총'이라고 부르는 사람은 하늘 아래에 단 한 사람뿐이다.

자봉공주. 바로 그녀다. 그리고 지금 그를 부른 목소리도 그녀의 것이었다.

구양웅은 움찔 놀라 곰보 소년을 쳐다보았다. 그는 전력으로 달리고 있는 청년의 오른쪽 어깨로 얼굴을 보이면서 구양웅을 향해 손을 흔들었다.

얼굴을 보면 전혀 자봉공주가 아니다. 하지만 구양웅은 그가 바로 자봉공주일 것이라고 확신했다.

그는 누군가 절정고수가 그녀를 구했을 것이라고 추리하여 여기까지 온 것이다.

그렇다면 지금 그녀를 업고 있는 청년이 바로 그 절정고수라는 얘기다.

어린 나이로 봐서는 절정고수하고는 거리가 멀었으나 지금 전개하고 있는 경공술은 놀라운 수준이다.

"구양총! 저자들을 막아줘! 날 죽이려는 자들이야!"

"공주님!"

구양웅은 반갑게 외쳤다. 그 순간 그는 자신이 자봉공주를 추격하는 자들을 물리치고 난 후에는 과연 어떻게 그녀를 만나야 할지 염려되어 그녀를 업고 있는 청년에게 재빨리 전음을 보냈다.

[어디로 가는 것이오?]

그렇게 묻는 사이에 구양웅은 어느새 청년의 삼 장 앞까지 이르고 있었다.

[홍강 최상류에서 봅시다.]

청년은 떠오르는 대로 즉시 대답했다.

청년 쾌도비와 구양웅은 찰나지간 일 장 거리를 마주하고 서로를 쳐다보았다.

구양웅은 상대 청년의 눈빛이 매우 맑으면서도 맹호처럼 번뜩이는 것을 발견했다.

'고수다!'

구양웅이 생각하는 고수는 그냥 고수가 아니다. 뿐만 아니라 청년의 눈빛이 더할 수 없이 맑으며 정기가 넘친다는 사실도 간파했다.

반면에 쾌도비는 방금 본 구양웅의 눈빛이 번갯불 같으며 동공을 파열할 듯이 강렬한 것을 느끼고 그가 호걸이라는 사실을 간파했다.

호한식호한(好漢識好漢). 자고로 영웅은 영웅을 알아본다고 했으니 이 두 사람이 바로 그렇다.

그러나 쾌도비는 방금 스쳐 지나간 호걸을 다시 만나기는 어려울 것이라고 생각했다.

그가 싸워야 할 상대가 세 명의 무극사신과 백여 명의 쟁쟁한 고수이기 때문이다.

구양웅이 얼마나 고강한지는 모르겠지만, 불과 삼십여 명만으로 무극사신들을 상대하기는 벅찰 것이다.

*　　*　　*

　쾌도비는 구양웅과 마주쳤던 곳에서 북서쪽으로 삼십여 리쯤 달려온 후에야 잠시 멈추었다.

　무극사신을 제압하는 것은 일단 포기했다. 아까 구양웅이 무극사신들과 싸울 때 가세해서 함께 싸우다가 무극사신 한 명을 제압하는 방법도 있었지만 너무 위험했다.

　그 상황에서는 피하는 게 상책이었다. 목적도 중요하지만 생존하는 것이 더 중요하다. 내가 죽어버리면 모든 게 끝장인 것이다.

　주소옥은 여기까지 오는 동안 단 한마디만 했었다. ‘왕궁총대장이야’ 라는 말이었다. 그 말뿐 여기까지 오면서 내내 입을 꼭 다물고 있었다.

　쾌도비는 이미 오래전에 관도를 벗어나 홍강을 따라 상류로 향하고 있는 중이다.

　구양웅에게 홍강 최상류에 가 있겠다고 했으므로 그곳까지 갈 생각이다. 만약 그가 싸움에서 살아난다견 반드시 그곳으로 올 것이다.

　쾌도비는 이쪽 지리에 대해서는 전혀 모르고 있다. 하지만 강의 최상류는 으레 깊은 산속이기 때문에 목적지를 그곳으로 정했다.

이제는 제대로 된 방법으로 낙양까지 가는 것은 물거품이 돼버렸다.

자봉공주와 함께 있는 사람이 쾌도비라는 사실이 알려진 것은 치명적이다.

설마 그런 일은 벌어지지 않겠지만, 이제는 그가 주소옥을 버리고 혼자 행동한다고 해도 추격대로부터 자유롭지 못하게 되었다.

지금부터 그와 주소옥은 정말 생사를 함께해야 하는 공동 운명체가 되고 말았다.

쾌도비는 인적이라고는 없는 한적한 강가의 야트막한 바위에 주소옥을 내려놓고 그 옆에 우뚝 서서 하류 쪽을 쳐다보았다.

"나 때문에 곤란해졌지?"

문득 주소옥이 조용한 목소리로 입을 열었다.

쾌도비가 돌아보자 그녀는 자책 어린 표정을 지었다.

"홍강 포구에서 내가 쾌도비 이름을 부르는 바람에 너의 정체가 탄로 났잖아."

그녀는 그것 때문에 이제껏 가슴이 답답해서 침묵하고 있었던 것이다.

쾌도비의 정체가 드러나지만 않으면 주소옥의 지금 모습이야 어차피 역용이니까 얼마든지 다른 모습으로 역용을 할 수가 있다.

설혹 쾌도비도 같이 역용을 한다고 해도 츠격대 눈을 속이는 것은 녹록지 않을 터이다.

이제 추격대는 남녀를 불문하고 키가 큰 사람과 아담한 사람 둘이 같이 다니면 무조건 의심할 것이다. 아니, 두 사람이 함께 다니는 것 자체를 눈여겨볼 것이다.

주소옥은 자기가 홍강 포구에서 그를 불렀기 때문에 발각됐다고 오해를 하고 있다.

"공주 때문이 아니오."

"아니긴 뭐가 아냐."

그녀가 지나치게 의기소침하고 있어서 쾌도비는 장영표국의 일과 삼혜현 객잔 주인이 홍강 포구까지 왔었다는 사실을 설명해 주었다.

"아……."

설명을 듣고 난 그녀는 낮은 탄성을 토해냈다가 곧 씁쓸한 표정을 지었다.

"어쨌든 내 실수야. 놈들은 네가 누군지 모르고 있었을 텐데 내가 쾌도비라고 이름을 부르는 바람에 네가 탈명도라는 사실이 드러났잖아."

그건 사실이다. 쾌도비는 그녀를 쳐다보았다. 그녀의 눈빛이 온통 쓸쓸함으로 물들었다.

"그뿐만 아니라 내가 장영표국에 호위를 의뢰했던 것도 실수였어. 그때도 쾌도비가 아니었으면 난 궤짝에서 나오지도 못한 채 죽었을 거야. 그것 때문에 추격대가 말을 추적해서 여기까지 온 거야."

쾌도비는 그녀를 보다가 새로운 사실을 알게 되었다. 그녀가 쓸쓸한 표정을 짓고 또 슬픈 눈빛을 하고 있으니까 주변의 풍경가저도 쓸쓸하고 슬프게 보인다는 사실이다. 물론 그 쾌도비도 우울한 기분을 떨치기 어려웠다.

"그래서 나를 만났잖소."

"다……."

어설픈 위로라고 했는데 그것이 주효했다. 그녀는 반색하며 방그레 미소 지었다.

"그래. 그 일이 아니었으면 너를 영영 만나지 못했을 거야. 그건 정말 하늘이 도운 거였어."

그때 쾌도비는 그녀가 입은 바지의 사타구니가 핏물로 붉게 물들고 있는 것을 발견하고 움찔했다.

그가 보고 있는 사이에도 피가 계속 흘러서 바지가 점점 더 시뻘겋게 물들었다. 마치 허벅지나 소중한 부위를 다친 것 같았다.

“어디 다쳤소?”

쾌도비하고 대화를 하느라 자신이 피를 흘리고 있다는 사실을 느끼지 못했던 주소옥은 하체를 굽어보다가 화들짝 놀라 소리쳤다.

“쾌도비! 빨리 월경포 줘!”

그 말에 쾌도비는 그녀가 다친 것이 아니라 월경을 하고 있다는 사실을 깨닫고 급히 봇짐을 벗어 월경포를 그녀에게 내밀었다.

“바보야! 하나만 줘!”

그녀가 꾸짖자 그는 한 뭉텅이 월경포에서 하나를 분리하여 그녀에게 주고 나서 저쪽으로 걸어갔다.

“어디 가! 가지 마!”

누나하고 살 때 그녀가 월경포를 착용하려고 하면 방이 하나뿐이라서 그는 밖에 나가서 기다리곤 했었다.

그가 돌아보자 주소옥은 한 손에는 월경포를, 다른 손으로는 괴춤을 잡고 주위를 두리번거렸다.

“멀리 떨어져 있다가 내가 무슨 일을 당하면 어떻게 도와줄 거야?”

그건 그녀의 말이 맞다. 쾌도비는 세상일이란 언제 무슨 일이 어떻게 일어날지 모른다고 생각하는 사람이다. 그가 그녀로부터 멀리 떨어져 있다가 누군가 그녀를 급습한다면 손을 쓰기 어려울 것이다.

"내 옆에 있어."

그녀는 차분하게 말했다. 그녀는 부끄러움을 모르는 여자도, 생각이 없는 사람도 아니다. 오히려 어떤 여자보다도 오만했으며, 그녀를 알고 있는 모든 사람이 그녀의 천재성에 혀를 내둘렀었다.

하지만 그녀는 쾌도비를 타인으로 여기지 않게 되었다. 세상의 어느 누구보다도, 심지어 부모보다도 더 가까운 존재라고 인정했다.

그녀는 이미 그에게 부끄러운 모습을 실컷 보였으니 이제 와서 내외를 하는 것이 무의미하다고 생각했다.

그보다는 자신과 쾌도비는 하나의 운명체이기 때문에 두 사람 사이에 남아 있는 어떠한 장애나 벽이라도 허물어야 하는 것이다.

슥…….

그녀는 쾌도비가 주위를 경계하고 있는 동안 바지를 벗고 볼일을 마쳤다.

"됐어……."

왠지 자신없는 듯한 그녀의 목소리를 듣고 쳐다보던 쾌도비는 슬쩍 눈살을 찌푸렸다.

그녀가 속곳 안에 월경포를 하고는 바지를 입지 않은 모습으로 서 있었기 때문이다.

그러다가 그녀가 한 손에 쥐고 있는 피가 흠뻑 묻은 바지를
보고서야 왜 그런지 이해했다.

쾌도비와 주소옥은 다시 강을 따라 북서쪽으로 이십여 리
쯤 더 갔다가 멈추었다.

그곳에서 강이 두 갈래로 갈라졌기 때문에 어느 쪽이 상류
인지 알 수가 없었다.

두 개의 강이 합쳐지는 곳에 작은 마을이 있었으나 마을 사
람들에게 물어볼 수는 없다.

그와 주소옥이 여기까지 온 것은 아무도 모르는데 일껏 여
기에서 얼굴을 드러낸다면 스스로 무덤을 파는 결과를 낳을
것이다.

이제는 아무도 믿을 수 없으며 사람들이 있는 곳에는 모습
을 드러내선 안 된다.

도망칠 때면 언제나 그렇듯이 주소옥은 쾌도비에게 업혀
있다. 그녀의 피 묻은 바지는 빨아서 봇짐에 넣었고, 지금 그
녀는 아랫도리에 속곳만 입은 채 쾌도비의 상체 속에 들어가
업힌 상태다.

"오른쪽으로 가."

주소옥이 어깨 너머로 두 개의 강을 살피다가 말했다.

“왼쪽 강은 진원현을 지나서 귀양성으로 가는 거야. 그게 상류지만 그쪽으로 갈 수는 없잖아.”

수많은 서책을 통달한 그녀는 지리에도 밝았다. 그녀 말대로 다시 귀양성 쪽으로 갈 수는 없다.

그러고 보니까 쾌도비는 진원현에서 큰 강 하나가 현 남쪽을 스쳐 흐르는 것을 본 적이 있었다. 그것이 홍강의 상류였던 것이다. 진원현에서는 그 강을 무수(巫水)라고 불렀던 기억이 났다.

“오른쪽 강 상류는 범정산(梵淨山)이야. 홍강의 최상류는 아니지만 구양총은 바보가 아니니까 우리가 그쪽으로 갔을 것이라고 추측할 거야.”

쾌도비는 만약 자신이 구양웅이라면 주소옥을 만나기 위해서 어떻게 했을 것인가를 생각해 보았다.

주소옥에게 홍강 상류에 대해서 듣기 전이었다면 왼쪽 강을 따라서 귀양성 쪽으로 갔을 것이다.

그러므로 구양웅이 천리안을 갖지 않은 이상 그도 왼쪽 강을 따라 귀양성 쪽으로 갈 것이 분명하다.

주소옥은 그것을 짐작하면서도 오른쪽 강으로 가자고 말했을 것이다.

구양웅을 만나려고 무리한 모험을 하기보다는 안전을 선택하겠다는 뜻이다.

예전의 그녀는 자신을 가르친 여러 고명한 스승조차 감탄시키는 천재였으나 또한 철부지였었다.

그러나 이제는 냉정하게 사리분별을 할 줄 알게 되었다. 자신이 생사의 기로에 서 있다는 사실을 매순간 생생하게 체험하고 있는 덕분이다.

쾌도비가 두 갈래 중에서 오른쪽 강을 선택하여 반 시진쯤 강가의 오솔길을 달려 가파른 산언덕을 오르고 있을 때 뜻밖의 일이 벌어졌다.

위쪽 숲속에서 한 무리의 무사가 불쑥 튀어나온 것이다. 처음에는 앞선 십여 명인 줄 알았는데 수가 점점 늘어서 나중에는 사십여 명으로 불어났다.

모두 같은 복장을 하고 도검을 메고 있는 것으로 미루어 한 방파 소속인 것 같았다.

쾌도비는 그들이 추격대의 일부라고 직감했으나 태연하게 한복판을 뚫고 천천히 걸어 올라갔다.

피하거나 뒤돌아서는 행동은 전혀 도움이 되지 않는다. 또한 이럴 때일수록 긴장하거나 주눅이 들어서도 안 된다. 최대한 태연하게 그러면서도 조금은 경계하는 듯한 모습을 보여야 한다.

무사들은 비켜줄 생각도 하지 않고 언덕을 내려오면서 두 사람을 힐끗거렸다.

도를 멘 청년이 곰보 소년을 업고 산을 오르는 모습은 결코 평범하게 보이지 않았다.

그들이 즉각 공격하지 않는 것으로 봐서 아까 쾌도비를 추격하던 무극사신들이 아직 추격대 전체에게 쾌도비와 주소옥의 모습을 알리지 못한 것 같았다.

어쩌면 구양웅과 왕궁무사들이 무극사신들을 전멸시켰을 수도 있지만 그럴 가능성은 희박했다. 그들은 아직까지 싸우고 있을지도 모른다.

쾌도비는 이들을 무사히 통과하는 것이 목적이 아니라 한 놈도 남기지 말고 죽일 생각이다.

비록 지금은 이들이 시비를 걸지 않는다고 해도 산을 내려간 후에는 사정이 달라질 것이다.

자신들이 산길에서 우연히 지나쳤던 청년과 곰보 소년의 실체를 알게 될 테고, 그러면 전 추격대가 이곳으로 집중될 것이 뻔하다.

무사들이 비켜줄 생각을 하지 않고 거들먹거리면서 한데 몰려서 내려오는 것이 쾌도비로서는 다행한 일이다.

그러면 최초의 급습으로 여러 명을 거꾸러뜨릴 수 있을 테고, 이들이 놀라서 우왕좌왕하는 사이에 최대한 많이 죽일 수 있을 것이다.

쾌도비로서는 한꺼번에 사십여 명을 상대하는 것은 벅찬 일이다.

주소옥을 만나기 전에 수십 명을 상대로 싸웠던 적이 몇 번 있었으나 다 좋지 않은 결말로 이어졌었다. 아무리 평범한 무사라고 해도 지금 같은 상황이 아니라면 피하고 싶은 싸움이다.

주소옥은 쾌도비에게 아무런 말도 듣지 않았으나 그의 몸이 단단하게 경직되는 것을 온몸으로 느끼면서 그가 무엇을 하려는지 짐작했다.

그래서 그녀는 두 팔과 두 다리로 그를 더욱 꼭 끌어안고 얼굴을 등에 파묻으며 곧 벌어질 싸움에 대비했다.

지금 그녀가 할 수 있는 것은 그에게 짐이 되지 않도록 최대한 일심동체시키는 것이다.

"이봐. 너희들 잠깐 멈춰라."

쾌도비가 이쯤에서 급습을 해야겠다고 마음먹은 순간 무사들 중 한 명이 그를 불렀다.

챵!

그 순간 쾌도비는 창룡도를 뽑는 것과 동시에 그 자리에서 빙그르 한 바퀴 회전을 하면서 쾌도식을 전개했다.

쉬아악—

"끅!"

"캑!"

창룡도가 붉은 노을빛을 받아서 검고 붉은 도광을 번뜩였으며, 그 한 번의 칼질로 방심하고 있던 무사 다섯 명이 목과 몸통이 뎅겅뎅겅 잘라졌다.

그들의 머리통과 몸이 분리되기도 전에 쾌도비는 한쪽 방향으로 빠르게 쏘아가며 재차 쾌도식을 전개했다.

그가 터득한 일 초식의 도법 쾌도식에는 열두 개의 변화, 십이변이 담겨 있다.

지금 그는 십이변을 골고루 전개하는 것이 아니라 그중에서 다수의 적을 상대할 때 가장 효과적인 오변과 팔변 두 변화만을 연이어서 펼치고 있다.

스사삭…….

창룡도가 휘둘러질 때마다 적들의 머리와 몸통이 쩍쩍 쪼개지고 날아갔다.

적들이 난데없는 급습으로 짧은 순간 정신적인 공황상태에 빠져 있을 때 쾌도비는 이미 열세 명을 죽였다.

그리고 그제야 적들은 분분히 무기를 뽑기 시작했다. 하지만 싸울 자세가 된 것은 아니다. 그저 본능적으로 무기를 뽑고 있을 뿐이다.

쾌도비는 주소옥을 제외하고 이 중에서 가장 나이가 어릴 테지만 싸움 경험은 가장 풍부할 것이다.

“저, 저놈 죽여라!”

"죽어라 이놈!"

적들이 최초의 반격을 개시할 즈음 쾌도비는 이십 명째 죽이고 있었다.

주소옥은 그의 등에 얼굴을 묻고 있었으나 이제는 한쪽 뺨을 대고 눈을 동그랗게 뜬 채 눈앞에서 벌어지고 있는 광경을 바라보았다.

'악!'

그 순간 그녀는 혼비백산해서 하마터면 입 밖으로 비명을 지를 뻔했다.

잘린 하나의 머리통이 그녀를 향해 날아오고 있는 것을 발견한 것이다.

그녀는 황급히 고개를 돌려 반대쪽을 쳐다보았다. 그 순간 무언가 뜨거운 액체가 그녀의 머리에 확 끼얹어졌다. 그녀는 그게 머리통이 쏟아낸 피라고 생각했다. 난생처음 타인의 피를 뒤집어쓴 것이다.

그런데 이상하게도 그녀는 조금도 무섭지 않았고 외려 눈을 반짝 떴다.

카가칵…….

"크악!"

"흐악!"

창룡도는 쾌도비를 향해 사방에서 쏟아져 내리는 적들의

도검을 수수깡처럼 자르면서 동시에 적들의 몸통을 자르고
베었다.

이 싸움에서 창룡도는 쾌도비의 실력을 삼 할 정도 증가시
켜 주고 있다.

뜨거운 피가 뿜어지고 사지가 잘려서 날아다니는 실전에
서 그것은 대단한 도움이다.

그로 인해서 실제 쾌도비는 죽었어야 할 상황에서 살았으
며, 까다로운 상대를 죽일 수 있었다.

"위험해! 오른쪽!"

순간 주소옥이 날카롭게 비명처럼 외치는 소리를 듣고 쾌
도비는 힐끗 오른쪽을 보면서 오른팔을 뻗었다. 오른쪽에서
그의 목을 향해 내리긋고 있는 한 자루 도를 피하거나 왼손의
창룡도로 방어할 겨를이 없었다.

주소옥은 쾌도비가 그어 내리는 도를 향해 무모하게 오른
팔을 뻗는 것을 보고 안색이 해쓱해졌다.

그녀의 머릿속에서 그의 오른팔이 무참하게 잘라지는 모
습이 그려졌다.

떵! 픅!

"크악!"

그런데 다음 순간 믿어지지 않는 광경이 주소옥의 눈앞에
서 일어났다.

무섭게 내리그어지던 도가 쾌도비의 오른손 팔뚝을 분명히 내려쳤는데, 어찌 된 일인지 도가 내려치던 속도보다 더 빠르게 퉁겨져서 칼등이 그자의 얼굴에 세로로 절반이나 박혀 버린 것이다.

덕분에 쾌도비는 잊고 있었던 오른팔을 생각해 냈다. 누나는 죽음의 위기에 처했을 때 말고는 오른팔을 사용하지 말라고 당부했었다.

그러나 쾌도비가 추격대에게 쫓기면서 싸움이 벌어지는 상황 전체가 그에게는 위기다.

그러므로 추격대를 상대할 때는 오른팔을 사용해도 무방하다고 그는 생각했다.

그의 눈동자가 좌우로 부지런히 움직이면서 왼손으로는 쾌도식을 전개하고 오른손으로는 주먹을 움켜쥐고 휘둘렀다.

위이잉!

오른 주먹이 허공을 가르는 음향이 묵직하게 울렸다. 북풍한설이 깊은 계곡을 통과하는 듯한 섬뜩한 소리다.

그의 오른팔에는 무려 육백여 명의 공력이 축적되어 있어서 그야말로 무적이다.

그것은 그의 단전에 축적된 공력하고는 별개의 것이어서 공력을 끌어올리고 자시고 할 필요도 없이 그냥 마음만 먹고 휘두르기만 하면 된다.

사실 그는 자신의 오른팔이 어느 정도의 위력을 지니고 있는지 정확하게 모른다.

제대로 마음을 먹고서 시험을 해본 적이 없기 때문이다. 아니, 시험은 해봤으나 아직 끝을 보지 못했다.

후오오—

오른 주먹에서 눈에 보이지 않는 무형의 무시무시한 기운이 태풍처럼 쏟아져 나갔다.

퍼퍼퍼퍽!

"으아아—"

"크아악!"

경력(勁力)에 휩쓸린 적 세 명이 골통이 으깨어지고 가슴과 복부가 터져서 피와 내장을 흘리면서 가랑잎처럼 허공으로 훌훌 날아갔다.

'아아……'

오른쪽으로 고개를 돌리고 있던 주소옥은 그 광경을 발견하고 자신의 눈을 의심하는 표정을 지었다.

그녀가 보고 있는 중에 세 명의 적은 오륙 장이나 날아가서 강으로 곤두박질쳤다.

쾌도비의 왼손으로 전개하는 일 초식의 쾌도식은 더 이상 완벽할 수 없는 경지에 올라 있다.

그래서 단지 눈동자를 힐끗 굴려서 적들이 어디에 있는지

흐릿한 모습만 확인하고 휘두르면 된다.

왼손의 창룡도는 적들의 도검과 몸뚱이를 뭉텅뭉텅 자르고, 오른손은 무시무시한 경력을 발출하여 적들을 박살 내서 날려 버렸다.

"그만! 이제 그만해!"

어느 순간 주소옥이 뾰족하게 외쳤다.

쾌도비는 두 손을 멈추고 우두커니 서서 주변을 둘러보았다. 서 있는 사람은 자신뿐이고 적은 모조리 목불인견의 참혹한 모습으로 핏물 속에 쓰러져 있었다.

적이 다 죽은지도 모른 채 그는 싸우다가 이성을 잃고 미쳐서 혼자 날뛰고 있었던 것이다.

그런 광기(狂氣)를 그는 예전에도 몇 번인가 경험했던 적이 있었다.

그는 자신의 내면 깊숙한 곳에 잠재되어 있다가 어느 순간 자신도 모르게 솟구쳐서 화산처럼 폭발하는 광기를 탐탁지 않게 여기고 있다.

"저기 산 아래로 도망치고 있어!"

주소옥의 부르짖음에 쾌도비가 급히 고개를 돌리자 칠팔 장 거리의 언덕 아래를 적 한 명이 미친 듯이 달려 내려가고 있는 모습이 보였다.

"비도쾌를 던져!"

쾌도비가 쫓으려고 하자 주소옥이 재차 외쳤다.

그는 재빨리 품속에서 비도쾌를 꺼내 오른손으로 잡았다. 무슨 생각이 있어서가 아니라 왼손으로는 창룡도를 쥐고 있기 때문에 반사적으로 취한 행동이다.

"던지면서 손목을 안으로 잡아당겨!"

쾌도비가 비도쾌를 쥔 오른손을 머리 위로 치켜들자 주소옥이 외쳤다.

부우우…….

비도쾌가 그의 손을 떠나자 지난번 신호탄을 자를 때처럼 말벌이 세차게 날갯짓을 하는 듯한 음향이 흐르면서 마치 번개가 내려꽂히듯 도망치고 있는 적을 향해 맹렬하게 회전하면서 쏘아갔다.

던지기 직전에 주소옥의 외침을 듣고 그녀의 말대로 하려고는 했는데 잘됐는지는 알 수가 없다.

팍!

"크악!"

그사이 십여 장 밖까지 도망치고 있던 적의 등 한가운데로 비도쾌가 뚫고 들어갔다가 가슴으로 튀어나와 비스듬히, 그러나 조금도 속도가 떨어지지 않은 상태에서 허공으로 치솟아 올랐다.

적은 고꾸라지듯이 언덕 아래로 몇 걸음인가 더 뛰어가다가 갑자기 등이 쩍 갈라져 몸 위쪽은 뒤로 젖혀져서 바닥에 나뒹굴고 하체는 내려가던 관성에 의해서 뒤뚱거리며 걷다가 픽 옆으로 쓰러졌다.

부우우…….

비도쾌가 쾌도비의 오른손을 떠났다가 다시 돌아오기까지는 눈을 두 번쯤 빠르게 깜빡이는 순식간이었다.

비도쾌는 매우 정확하게 그를 향해 쏘아왔다. 지난번에는 비도쾌를 잡기 위해서 그가 조금 이동했었는데 지금은 그럴 필요가 없을 듯했다.

아마 던질 때 손목을 안으로 잡아당겼기 때문인 듯했다. 비도쾌는 항상 던져진 위치로 되돌아오는 특성을 지니고 있는 것 같았다.

그는 뚫어지게 비도쾌를 주시하다가 빠르게 회전하고 있는 한가운데 공간에 번개같이 오른손을 찔러 올렸다.

부우우…….

비도쾌는 그의 손목을 중심으로 몇 바퀴 회전하는 것 같더니 어느새 그의 손안에 잡혀 있었다.

“잘했어. 비도쾌는 던질 때 손목을 안으로 약간 잡아당기면 정확하게 원위치로 되돌아와.”

주소옥이 칭찬과 함께 설명했다.

第十九章

비교부지비지불행(非敎不知非知不行)

―가르침이 아니면 알지 못하고 · 알지 못하면 행하지 못한다

바삭… 바삭…….

산중의 깊은 밤에 낙엽 밟는 소리가 작게 들렸다.

쾌도비는 밤이 깊었으나 걸음을 멈추지 않았다. 대신 경공술을 전개하지 않고 부지런히 걸었다. 언제 무슨 일이 벌어질지 모르니까 공력을 허투루 허비하면 안 되기에 걷고 있는 것이다.

아까 늦은 오후에 사십여 명의 적을 전멸시킨 이후 그는 한시도 쉬지 않고 경공술과 걷기를 번갈아하면서 더욱 깊은 산속으로 들어가고 있다.

그는 줄곧 깊은 생각에 잠겨 있느라 등에 주소옥이 업혀 있
다는 사실조차 잊고 있을 때가 많았다.

딱…….

그러다가 발밑에서 가느다란 나뭇가지가 부러지는 소리에
생각에서 깨어났고, 동시에 등에 업힌 주소옥이 가늘게 떨고
있는 것을 느꼈다.

그의 등에 꼭 달라붙어 있는 그녀는 추우면서도 춥다는 말
한마디 하지 않았다.

한겨울의 산속은 무공을 익힌 사람이라고 해도 추위를 느
낄 정도다.

그렇지만 예전의 천방지축 하늘 높은 줄 모르던 그녀라고
는 생각할 수 없는 참을성이다.

지금 그녀가 느끼고 있는 추위는 보통 사람이라도 오래 버
티지 못한다.

그러므로 그녀는 이제 보통 사람 이상의 인내심을 갖게 되
었다는 뜻이다.

더구나 그녀는 아랫도리에 속곳 하나만 입고 있어서 밑으
로 맨살을 드러내고 있으니 더욱 추울 것이다.

쾌도비는 그녀를 더 이상 추위 속에 방치할 수 없다는 생각
에 잠시 걸음을 멈추고 묵묵히 주위를 둘러보다가 왼쪽의 가
파른 낭떠러지 아래에 이제는 작은 계류가 된 홍강의 최상류

가 흐르는 곳으로 훌쩍 신형을 날렸다.

오 장 높이의 낭떠러지 아래로 가볍게 내려선 그는 계류 가의 크고 작은 바위 사이를 빠르게 누비면서 적당한 장소를 찾아다녔다.

그는 잠깐 사이에 능숙한 동작으로 하룻밤 묵어갈 수 있는 공간을 만들었다.

세 개의 큼직한 바위가 삼면을 막아서 천연의 벽을 형성하고 있는 곳에 창룡도로 굵은 나뭇가지 수십 개를 길게 잘라서 그 위에 촘촘히 얹고 또다시 그 위에 잔가지들을 수북하게 얹어서 지붕을 만들었다.

그리고 아담한 소(沼)가 있는 쪽으로 툭 터진 곳에는 몇 개의 바위를 가져다가 쌓아서 최소한의 틈만 남겨두고 가로막았다.

이후 겨울 산에 지천으로 널려 있는 마른풀과 나뭇가지를 잔뜩 가져와서 한쪽에 마른풀을 푹신하게 깔고 그 옆에 모닥불을 피웠다.

타닥… 타탁…….

"아… 살 것 같아……."

푹신한 마른풀에 앉아 기세 좋게 타오르는 모닥불을 향해 두 팔과 두 발을 벌리고 앉아서 불을 쬐며 주소옥은 행복한 미소를 지었다.

그녀는 아랫도리에 어린아이 손바닥만 한 속곳 하나만 입고 속곳 안에 그보다 더 크고 두툼한 월경포를 하고 있으면서도 부끄러움 같은 것은 신경도 쓰지 않고 다리를 벌린 채 불을 쬐었다.

쾌도비가 일어나 밖으로 나가려고 하자 그녀는 깜짝 놀라 그의 옷자락을 붙잡았다.

"어디 가는 거야?"

"주위를 둘러보고 먹을 것을 구해오겠소."

"가지 마."

"배고프지 않소?"

"……."

주소옥은 배가 등에 붙은 것 같다는 것을 그때 깨달았다.

"멀리 가지 않겠소."

그녀는 지독한 허기와 무서움 사이에서 잠시 갈등하다가 그의 옷자락을 놔주었다.

불을 쬐다가 깜빡 잠이 든 주소옥은 향긋한 냄새에 눈이 저절로 떠졌다.

계류에서 잡은 큼직한 물고기들을 나뭇가지에 꿰서 굽고 있던 쾌도비는 잘 익은 것 하나를 나뭇가지에 꿰인 상태로 그녀에게 내밀었다.

지금처럼 야생에서 무엇인가를 먹어보는 것은 처음인 그녀지만 구운 물고기를 어떻게 먹어야 하는지 가르쳐 줄 필요는 없다.

그녀는 뜨거운 물고기를 조심스럽게 입으로 가져가서 이빨로 조금 물어뜯었다.

곧 살코기의 향긋한 냄새가 입안에 가득 퍼지는 것을 느끼고 그녀는 기쁜 듯 눈을 동그랗게 뜨더니 순식간에 물고기 한 마리를 다 먹어치우고 쾌도비에게 한 마리 더 달라고 손을 내밀었다.

다섯 마리의 물고기를 맛있게 먹으면서 그녀는 몇 가지 사실을 깨달았다.

지금 그녀가 먹고 있는 이름도 모르는 처음 보는 물고기는 여태까지 그녀가 남령부에서 먹어본 그 어떤 훌륭한 요리보다도 맛있다.

그러므로 자연스럽게 깨달아지는 사실은, 원래 요리의 맛을 좌우하는 것은 요리 그 자체에 있는 것이 아니라 요리를 먹게 된 상황과 그 사람이 처해 있는 입장이 더욱 중요한 것이다.

만약 남령부에서였다면 그녀는 이 물고기를 거들떠보지도 않았을 것이다. 하지만 지금 그녀에게 이 물고기는 최고의 요리다.

이렇듯 천하 만물의 가치를 평가하고 가늠하는 것은 그 사람 본인에게 달려 있으며 또한 그때그때의 상황이 큰 영향을 미친다는 사실이다.

"내 삶은 좌정관천(坐井觀天)이었어……."

다 먹은 물고기 뼈를 만지작거리면서 그녀는 밤하늘을 올려다보았다.

오른쪽 대각선으로 앉은 쾌도비는 그녀를 힐끗 보고 나서 모닥불에 나무를 더 얹었다.

주소옥은 그가 좌정관천의 말뜻이 무언지 모르는 것이라고 생각했다.

그렇다고 그를 무시하거나 얕보는 마음 따위는 추호도 없다. 오히려 그는 여러 면에서 주소옥보다 매우 뛰어난 사람임에 틀림이 없다.

"내가 여태까지 아무 것도 모르고 우물 안의 개구리처럼 살았다는 거야."

주소옥이 밤하늘에 은모래처럼 깔려 있는 무수한 별을 보면서 풀어서 설명해 주었다. 그녀는 씁쓸한 표정으로 말을 이었다.

"남령부는 우물이었어. 나는 그곳에 앉아서 세상천지가 전부 내 발아래 있는 듯 착각하고 살았던 거지. 내가 올려다보

고 있는 것이 우물 속에서만 보이는 하늘인 줄도 모르
고……."

그녀는 쾌도비를 바라보며 희미한 미소를 지었다.

"너는 우물 밖 드넓은 세상에 있었지. 그래서 우물 안에서
배운 나보다 훨씬 똑똑하고 강한 거야."

쾌도비는 긍정도 부정도 하지 않고 모닥불만 응시했다.

"스승은 서책이 아니라 세상이었어. 내 지식은 주머니 속
의 지식일 뿐이야."

"두 개 다 필요하오."

"두 개라니?"

쾌도비가 모닥불에서 시선을 떼지 않은 채 중얼거리자 주
소옥은 의아한 표정을 지었다.

"서책과 스승이오."

"음… 네 말을 들어보니 그런 것 같기도 하군."

주소옥은 고개를 끄떡였다.

"문제는 조화야. 서책의 지식과 세상의 경험을 잘 조화시
켜야 진실한 지식이 되는 것 같아."

그녀는 눈을 빛내며 그를 바라보았다.

"그러고 보니까 나는 서책의 지식을 갖고 있고 너는 세상
의 경험을 갖고 있구나."

그녀는 아까의 가파른 언덕에서의 싸움을 하는 중에 머리

꼭대기에서 발끝까지 피를 뒤집어 쓴 섬뜩한 모습의 쾌도비를 보며 미소 지었다.

"너 좀 씻어야 되는 거 아냐?"

쾌도비는 자신의 얼굴에 말라붙은 피를 쓰다듬었다.

"나는 목욕을 할 생각이오. 공주도 씻으시오."

피를 뒤집어쓰기는 마찬가지 모습인 주소옥은 바위 틈으로 캄캄한 바깥쪽을 내다보면서 오싹 몸서리를 치고는 고개를 도리도리 가로저었다.

"이 한겨울에 저 찬물에? 싫어. 난 절대 안 해."

쾌도비는 그녀가 마치 어린아이처럼 발까지 동동 구르는 것을 보며 문득 귀엽다는 생각이 들었다. 하지만 얼굴은 여전히 무표정했다.

"방법이 있소."

주소옥은 의심쩍은 눈빛으로 쾌도비를 바라보았다.

"무슨 방법?"

쾌도비는 잠시 그녀를 응시하다가 이내 고개를 가로저으며 일어섰다.

"아니, 됐소. 나 혼자 하겠소."

그녀를 목욕시킬 수 있는 방법이 있기는 한데 영 내키지 않았기 때문이다. 그런 방법을 사용하느니 그냥 혼자 목욕하려는 것이다.

“말해봐.”

그런데 주소옥이 그의 옷자락을 붙잡고 우러러보면서 커다란 눈을 깜빡였다.

지금 막 깨닫게 된 사실이지만, 쾌도비는 그녀가 지금처럼 이런 표정을 지을 때, 그리고 저런 우수에 찬 듯 갈망하는 듯한 눈빛을 하고 자신을 바라보고 있을 때에는 절대로 거절하지 못했었다.

쾌도비는 우선 주소옥의 역용을 대충 지웠다.

“옷을 다 벗고 누우시오.”

주소옥은 눈을 약간 크게 떴으나 순순히 옷을 다 벗고 푹신한 마른풀 위에 반듯하게 누웠다.

그녀는 자신도 모르는 사이에 쾌도비의 말이라면 무조건 신뢰하게 되었다.

무엇 때문에 옷을 다 벗으라는 것인지 당연히 의문이 들어야 하는데 그렇지 않았다.

그러나 그 의문은 곧 풀렸다. 쾌도비가 설명을 해준 것이 아니라 그의 행동을 보고 그녀가 짐작한 것이다.

그는 두 손바닥을 넓게 펼쳐서 그녀의 온몸을 부드럽게 쓰다듬기 시작했다.

그걸 보고 그녀는 그가 공력을 일으켜서 자신의 피부를 마찰하여 뜨겁게 데우거나 아니면 추위를 느끼지 못하도록 만드는 것이라고 추측했다.

그에게 나신을 송두리째 보이고 또 그가 젖은 수건으로 온몸을 닦아준 경험이 있지만 그래도 주소옥은 여전히 부끄러움이 남아 있었다.

그렇지만 처음처럼 수치심 같은 것은 없다. 수치심이란 보이기 싫은 사람에게 보였을 때 느끼는 감정인데 쾌도비에겐 그렇지 않았다.

단지 부끄러울 뿐이다. 그렇다고 남녀 간의 이상야릇한 그런 감정은 아니다.

하지만 그녀는 무엇보다도 목욕이 하고 싶었고 또 몸을 만지는 사람이 쾌도비라면 괜찮다고 생각했다.

그녀는 눈을 꼭 감은 채 몸을 쾌도비에게 내맡겼다. 그는 한군데도 놓치지 않고 꼼꼼하게 그녀의 온몸 구석구석까지 쓰다듬어 피부를 뜨겁게 데웠다.

그가 자신의 풍만한 젖가슴을 주무르듯이 쓰다듬을 때 주소옥은 살짝 눈을 뜨고 그를 살폈다.

왜 하필 그때 그를 살피고 싶었는지는 모른다. 그냥 본능적인 행동이었다.

그런데 그의 표정을 알 수가 없다. 얼굴이 온통 피로 범벅되어 있기 때문이었다.

주소옥은 온몸이 화끈거리는 것을 느꼈다. 속은 아무렇지도 않은데 피부만 뜨거운 목욕통 속에 들어간 것 같아서 땀이 뻘뻘 났다.

그래서 지금 당장 찬 계류 속으로 뛰어들어도 아무렇지 않을 것 같았다.

"이제 됐소."

이윽고 쾌도비가 그녀의 몸에서 손을 뗐다.

그렇지만 주소옥은 일어나지 않은 채 물었다.

"그런데 말이야. 쾌도비의 손길이 닿지 않은 곳에 찬물이 닿으면 어떻게 되지?"

쾌도비는 그녀가 왜 그런 걸 묻는지 알고 있지만 짐짓 모른 체 시치미를 뗐다.

"차가움을 느낄 것이오."

"그런데 왜 한 군데는 빠뜨렸지?"

그의 시선이 부지중 그녀의 하체 속곳으로 향했다.

주소옥은 목덜미까지 붉어졌으나 할 말은 했다.

"여자에게 그곳은 중요한 부위야. 거기가 얼어버리면 나는 장차 아기도 낳지 못하게 될 거야."

쾌도비는 그런 것까지는 알지 못했다. 그는 그녀의 몸을 쓰다듬으면서 한 군데를 빼놓은 것을 알고 있었으나 차마 그곳까지 손을 댈 수가 없었다.

그런데 그 부위가 여자에게 그토록 중요한지는 전혀 모르고 있었다.

"음. 알았소. 월경포를 빼고 속곳 위로 만지겠소."

"아… 아냐. 속으로 만져야 돼."

남들이 들으면 요상한 대화다.

주소옥은 둔부를 들고 속곳을 벗고 월경포를 치워 버렸다. 그리고는 눈을 감았다.

잠시 후에 쾌도비가 다리를 약간 벌리자 그녀는 심장이 멈춰 버리는 줄 알았다.

주소옥은 신바람이 났고 너무 행복했다.

그녀는 소의 가장자리 수심이 허리쯤 오는 곳에서 머리도 감고 목욕을 하면서 풍당거리면서 물장구도 쳤다. 그런데도 신기하게 하나도 춥지 않았다.

너무 기분이 좋은 나머지 그녀가 깔깔거리면서 소리 높여 웃는데도 그녀에게서 이 장쯤 떨어진 곳에서 목까지 물에 담그고 있는 쾌도비는 뭐라고 말하지 않았다. 그녀에게 작은 자유라도 즐기게 하고 싶었다.

그는 그녀가 길을 잃고 헤매다가 자신에게 날아든 한 마리 작은 새 같다는 생각이 들었다. 그래서 그 새를 안전하게 보호하고 싶었다.

거기까지 생각하던 그는 문득 실소를 머금었다. 단지 지체 높은 공주와 호위무사의 신분이었던 그가 이렇게까지 그녀를 생각하게 되었다는 것에 조금 놀랐다.

그래서 사람과 사람의 만남이나 관계가 마치 흐르는 강물 같다는 생각이 들었다.

처음에는 옹달샘으로 시작되어 가느다란 물줄기가 됐다가 어느덧 계류가 되고 또 강이 돼서는 마침내 창창한 바다로 흘러든다.

사람끼리의 관계도 그와 다르지 않는 것 같았다. 물이 수십 수백 번 장소와 형태를 바꿔서 흐르는 것처럼, 사람의 관계라는 것도 최초에는 미미했으나 계속 부대끼고 생활하다 보면 변화하는 것이다.

아무리 오랜 시간이 흐른다고 해도 사람의 관계는 세 가지로 압축된다.

절친한 사이가 되거나, 그렇고 그런 밋밋한 관계가 되거나, 아니면 원수지간이 되는 것이다.

수심이 허리까지 차는 곳에서 풍덩거리면서 노는 주소옥을 보면서 쾌도비는 자신도 모르게 절로 미소가 피어났다. 그녀는 철부지 어린 소녀 같았다.

또한 든든한 아버지를 믿고 그 울타리 안에서 자유를 만끽하는 귀여운 딸아이 같았다.

또한 캄캄한 밤중에 몸에서 광채를 뿜어내는 것 같은 희디흰 옥체의 그녀가 나신으로 목욕을 하는 모습이 신비롭고 또 환상적으로 보였다.

쾌도비의 시선이 그녀의 몸 몇 군데로 향했다. 지난번 상처를 입어서 치료를 했던 곳인데 보름 남짓한 사이에 거의 아물어 있었다.

"쾌도비!"

그때 주소옥이 쾌도비에게 오려고 했다. 그녀는 헤엄을 못 치기 때문에 걸어서 다가왔다.

"오지 마시오."

"아앗!"

푸덩!

쾌도비가 급히 경고했으나 이미 늦었다. 그녀는 갑자기 깊은 곳을 만나 머리가 물속으로 쑥 사라지며 두 팔을 세차게 허우적거렸다.

쾌도비에게는 수심이 목까지 차지만 주소옥에겐 머리 위로 한 자 이상 깊은 곳이었다.

그는 급히 다가가서 물속에서 허우적거리고 있는 그녀의 팔을 잡고 끌어 올렸다.

"푸앗!"

얼굴이 물 밖으로 솟구친 그녀는 결사적으로 쾌도비에게

매달렸다.

흡착력 강한 빨판을 지닌 문어처럼 두 팔과 두 다리로 그의 몸을 휘감고 격렬하게 기침을 해댔다.

"콜록… 콜록… 콜록……."

그는 한 손으로는 그녀의 둔부를 받치고 다른 손으로 머리와 등을 쓰다듬었다.

"이제 괜찮소."

"으앙―"

그녀는 어린아이마냥 울음을 터뜨리면서 더욱 결사적으로 그에게 매달렸다.

그는 그녀가 울음을 그칠 때까지 머리와 등을 쓰다듬으면서 한동안 그렇게 서 있었다.

"죽는 줄 알았어."

겨우 울음을 그친 주소옥은 쾌도비의 목을 감았던 두 팔을 약간 느슨하게 하고 그의 얼굴을 바라보았다. 그 모습은 마치 큰일을 당한 후에 어른에게 역성을 들어달라고 하는 어린아이 같았다.

쾌도비는 말없이 그녀의 눈물과 콧물을 닦아주고는 두 손으로 그녀의 둔부를 안고 물 밖으로 걸어 나갔다.

자신들이 알몸이라는 사실을 두 사람이 깨달은 것은 물에서 나와 몇 걸음 걸어가다가 찬바람에 몸이 선뜻 추워지는 것을 느꼈을 때였다.

쾌도비는 우뚝 걸음을 멈추었고, 주소옥은 본능적으로 그를 꽉 껴안으며 품속으로 파고들었다.

주소옥은 그가 두 손으로 자신의 아담하고 풍만한 둔부를 받쳐 들고 있는 것을 느꼈다. 한 손에 둔부를 한쪽씩 안고 있었다.

그리고 두 사람이 실오라기 한 올 걸치지 않은 전라의 몸으로 밀착하고 있다는 사실을 체감했다.

두 사람이 지금까지 많은 경험을 공유했으나 이런 상황은 한 번도 없었다.

"뭘 하느냐? 추우니까 어서 불이 있는 곳으로 가자."

어색한 침묵을 깨고 주소옥이 명령조로 말했다.

쾌도비는 주소옥을 마른풀에 조심스럽게 내려놓고 나서 웅크린 자세로 앉아 숯불만 남은 모닥불에 마른 나뭇가지를 수북하게 얹고는 입바람을 불어 불길을 일으켜 나뭇가지에 불을 붙였다.

그사이에 주소옥은 묵묵히 봇짐에서 월경포를 꺼내서 착용했다.

그러나 속곳을 입지 않았기 때문에 월경포를 손으로 잡고 있을 수밖에 없었다.

"옷이 물가에 있어."

그녀의 말에 쾌도비는 벌떡 일어났다.

"아!"

그런데 갑자기 주소옥이 그의 하체를 보면서 눈이 동그랗게 커졌다.

쾌도비가 의아한 눈길로 아래를 내려다보다가 움찔 놀라서 급히 물가로 달려가는데 뒤에서 그녀의 놀라움에 찬 목소리가 들렸다.

"쾌도비, 너 비도쾌 말고 몸속에 또 다른 무기를 갖고 있었구나?"

쾌도비는 자신의 것과 주소옥의 옷을 속곳까지 깨끗이 빨아서 자기 옷은 젖은 그대로 입고, 그녀의 옷은 모닥불 옆 바위에 넓게 펼쳐서 널어놓았다.

그녀가 젖은 옷을 입지 않겠다고 한사코 도리질을 쳤기 때문이다.

쾌도비는 그녀가 손으로 흘러내리는 월경포를 잡고 있는 것을 보고 허리에 끈을 묶어주어 월경포를 고정시킬 수 있도록 해주었다.

"이리 와서 옆에 앉아."

대각선으로 앉아 있는 쾌도비를 보며 주소옥이 자신의 옆을 가리켰다.

모닥불의 열기 때문에 젖은 옷을 입은 그의 몸에서는 뜨거운 김이 무럭무럭 피어났다. 그는 묵묵히 일어나서 그녀 옆에 앉았다.

"쾌도비, 몇 살이지?"

주소옥이 그에게 몸을 기대며 뜬금없이 물었다.

"십팔 세요."

"생각보다 적네? 나는 겉모습과 행동거지를 보고 최소한 이십 세는 됐을 줄 알았어."

두 사람은 기세 좋게 타오르는 모닥불을 바라보았다.

"왜 내 나이는 묻지 않는 거지?"

"몇 살이오?"

"십칠 세. 쾌도비보다 한 살 적어."

대화가 끊어졌다. 주소옥은 다른 여자들처럼 종알거리는 성격이 아닌데도 불구하고 쾌도비와 얘기를 나누기 위해서 노력을 하고 있는데 그의 지나치게 과묵한 성격이 번번이 장해물이 되었다.

"비도쾌 말이야."

주소옥이 또 다른 화제를 꺼냈다. 그러나 이번에는 쾌도비를 조금 긴장시켰다.

주소옥하고 처음 만났던 날부터 사연이 많았던 비도쾌이

기 때문이다.

비도쾌를 사용할 때나 비도쾌에 대한 얘기만 나오면 쾌도 비는 지은 죄가 있어서 한없이 작아질 수밖에 없다. 그는 침묵으로 그녀의 다음 말을 기다렸다.

"그거 쾌도비 줄게."

"공주……."

그녀는 거두절미하고 딱 잘라서 말했다. 왜 비도쾌를 네가 갖고 있는 것이냐고도 묻지 않았고, 그것에 얽힌 어떠한 책임도 따지지 않았다.

그리고는 딱 한마디로 비도쾌를 그에게 준다고 말함으로써 그를 죄책감에서 해방시켰다.

쾌도비는 그녀를 슬쩍 굽어보았다. 그녀는 그의 어깨에 뺨을 기대고 불꽃을 바라보고 있었다.

그녀처럼 박식하고 총명함이 넘치는 소녀가 어째서 생각이 없겠는가. 다만 그녀는 쾌도비가 곤란해지는 것을 원하지 않았던 것이다.

바로 그런 점이 쾌도비가 그녀를 어리고 조그만, 그리고 세상물정을 모르는 철부지 소녀로만 볼 수 없는 이유이기도 했다.

알고 보면 그녀는 쾌도비로서도 처음 대하는 속이 깊고 배려심이 충만한 소녀였다. 그런 점이 쾌도비를 이따금 굴복시키고 또 감탄시켰다.

"비도쾌의 가치는 창룡도 같은 것 만 개를 합친 것보다도 월등해."

그건 비도쾌를 처음 본 순간 쾌도비도 느꼈던 사실이다. 그 당시에 그는 그것을 훔쳐서라도 자신의 것으로 만들고 싶었으며, 비도쾌를 위해서는 어떤 대가라도 치를 수 있다고 마음먹었었다.

"네가 비도쾌로 창룡도를 힘껏 내려치면 창룡도가 부러지고 말 거야."

그것 역시 쾌도비도 짐작하고 있던 바이다. 그는 비도쾌의 다른 비밀이 궁금했으나 잠자코 있었다. 이제부터 주소옥이 설명해 줄 것이라고 기대했다. 그는 늘 이런 식으로 자신의 과묵함을 유지했다.

"너, 비도쾌 이름이 뭐라고 생각했었어?"

"비도쾌."

그녀는 슬쩍 고개를 틀어 그의 얼굴을 아래에서 위로 올려다보며 대견하다는 듯한 표정을 지었다.

"너도 칼등의 글씨를 읽었구나."

"그렇소."

"나는 처음에 네 이름이 쾌도비라는 것을 알고는 조금 흥미를 느꼈었어."

자신의 소유인 칼 이름이 비도쾌이고 자신을 구해준 남자
의 이름이 비도쾌를 거꾸로 읽은 쾌도비인 것은 사실 몹시 놀
랄 만한 일인데도 그녀는 조금 흥미를 느꼈다고 말한다. 그런
걸 보면 그녀를 놀라게 할 만한 일은 세상에 별로 없을 것 같
았다.

하긴, 거짓말이 아닐 것이다. 구태여 거짓말을 할 필요가
없다. 사실 그녀가 처음 쾌도비의 방에서 그의 이름을 들었을
때에도 별로 놀라는 기색이 아니었던 것을 쾌도비는 지금도
기억하고 있다.

슥…….

주소옥이 그의 몸에서 자신의 몸을 떼어내고 그를 말끄러
미 바라보았다.

"참 너도 어지간히 과묵하구나. 이럴 때는 뭔가 물어봐야
하는 것 아니냐?"

쾌도비가 그녀를 굽어보는 각도에서는 그녀의 갸름한 턱
바로 아래에 한 쌍의 풍만한 젖가슴이 흔들거리고 그 위에 올
라앉은 연분홍 조그만 유두가 수줍어하는 모습이 아주 잘 보
였다.

"너의 이름이 쾌도비이고 그 칼의 이름이 비도쾌인 것이
우연의 일치치고는 매우 신기한 일일 텐데도 한마디도 묻지
않고 내가 설명해 주기를 기다리고 있잖아. 그건 과묵이 아니

라 과묵을 빙자한 교활함이야."

쾌도비는 대답 대신 한쪽에 풀어놓은 봇짐 옆에서 비도쾌를 집어 들고 만지작거렸다.

주소옥은 저게 과연 사람의 손인가 싶을 정도로 아름다운 섬섬옥수를 뻗어서 손가락으로 비도쾌의 칼등을 부드럽게 쓰다듬었다.

"원래 칼등에 새겨진 문구대로 읽자면 이 칼의 이름이 쾌도비라고 해야 할 텐데 어째서 거꾸로 비도쾌라는 이름을 얻었는지는 나도 모르겠어. 이걸 나에게 준 사람은 이 칼의 이름이 비도쾌라고 말해줬으니까."

지금으로썬 주소옥은 물론 그 이름의 당사자인 쾌도비조차도 그것을 설명할 방법이 없다.

그렇다고 해서 쾌도비라는 이름을 지어준 누나가 비도쾌를 알고서 그랬을 리가 없다.

그러므로 이것은 순전히 신기한 우연의 일치라고밖에는 생각할 수가 없는 일이다.

"전설에 의하면……."

주소옥은 말을 꺼냈다가 곧 고개를 살래살래 가로저었다.

"아니야."

쾌도비는 비도쾌에 얽힌 전설이라는 것이 궁금했으나 묻지는 않았다.

“내 옷 말랐어?”

쾌도비는 모닥불 옆 바위에 펼쳐서 널어놓은 그녀의 두툼한 누비옷에서 김이 모락모락 나는 것을 보았다. 그 옷은 쾌도비가 입고 있는 경장하고는 달리 겨울용 누비옷이라서 쉽게 마르지 않는다.

“덜 말랐소.”

“그럼 나 춥지 않게 한 번 더 해줘.”

그러더니 그녀는 풀 위에 발랑 누웠다. 밖에 나갈 테니까 쾌도비더러 두 손에 공력을 일으켜서 자신의 몸을 한 번 더 문질러 달라는 뜻이다.

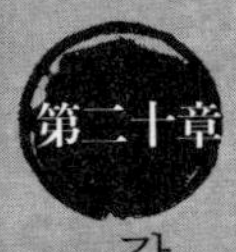

第二十章

강의목눌(剛毅木訥)

─의지가 굳고 용기가 충만하지만 말이 없다

"내가 아는 것은 많지 않아."

모닥불 곁을 떠나서 밖으로 나온 주소옥은 조금도 추위를 느끼지 못하고 두 손을 가느다란 허리에 얹으면서 주위를 둘러보았다.

"비도쾌를 던지는 몇 가지 방법이 있어. 그중에 하나가 팔꿈치를 안으로 굽혔다가 비도쾌를 던지면 직선으로 날아가는 거야. 자. 이제 저기 보이는 바위에 힘을 주지 말고 오른손으로 던져 봐."

그녀가 저만치 삼 장 거리에 우뚝 서 있는 큼직한 바위를 가리키고 나서 약간 옆으로 물러서자 쾌도비는 그녀가 시키는 대로 비도쾌를 잡은 오른팔을 안으로 굽혔다가 가볍게 바위를 향해 던졌다.

숫—

팔꿈치를 바깥으로 젖혔다가 던질 때에는 말벌 날갯짓 소리가 나면서 맹렬하게 회전을 하는데, 이번에는 가랑잎 하나가 떨어지는 듯 미약한 음향이 흘렀다. 또한 이번에는 회전하지 않고 일직선으로 곧장 쏘아나갔다.

팍!

조금도 힘들이지 않고 던졌는데도 비도쾌가 바위에 자루만 남긴 채 다 꽂혀 버렸다.

"저걸 어떻게 회수할 거야?"

"가서 뽑아 오면 되오."

"뽑아 와."

쾌도비는 바위로 다가가서 오른손으로 가볍게 비도쾌를 뽑아 되돌아왔다.

"이리 줘봐."

쾌도비는 그녀가 내민 옥처럼 투명한 섬섬옥수에 비도쾌를 쥐어주었다.

"오른팔 내밀어."

쾌도비는 그녀가 무엇을 하려는지 모르지만 시키는 대로

오른팔을 내밀었다.

주소옥은 비도쾌를 두 손으로 단단히 쥐그 칼끝을 쾌도비의 팔뚝 안쪽에 갖다 댔다.

쾌도비는 그녀가 팔뚝을 베려한다는 것을 짐작하고 왜 그러는 것인지 의문은 들지 않았다. 단지 자신의 팔에 대해서 설명할까 하려다가 그만두었다.

그 자신도 과연 도검으로 힘껏 내려쳐도 상처조차 나지 않는 오른팔에 비도쾌가 상처를 낼 수 있을지 궁금해서 흥미롭게 지켜보았다.

"아프더라도 참아."

주소옥은 염려스러운 표정으로 말하면서 그의 팔뚝에 댄 칼끝을 천천히 아래로 그었다.

슥…….

쾌도비는 그녀의 몸에 가려서 팔뚝이 보이지 않았다. 단지 나뭇가지로 긋는 듯한 느낌만 들었다.

그보다는 그녀가 두 손을 모아서 비도쾌를 잡느라 젖가슴이 가운데로 모아져서 더욱 풍만해지면서 묘한 모습을 만들고 있는 것이 눈에 띄었다.

"됐어."

그녀가 머리를 치우면서 긴장된 표정을 지었다.

그런데 쾌도비는 자신의 오른팔 팔뚝을 보다가 적잖이 놀랐다. 손가락 한 마디 정도 직선으로 베인 상처에서 피가 흐르고 있었다.

'과연 비도쾌다.'

그는 자신의 무적을 자랑하는 팔이 베어졌다는 사실보다도 비도쾌의 위력에 더 감탄했다.

"자, 여기에 피를 흘려 넣어."

그런데 그녀가 그의 팔뚝에서 흐르는 피를 향해 비도쾌의 칼등을 갖다 대면서 말했다.

"어디 말이오?"

"여기 칼등에 새겨진 글씨 옆에 세 줄의 홈이 있잖아. 거기에 피를 흘려 넣어. 가득."

쾌도비는 그녀가 무엇을 하려는 것인지 조금 궁금했으나 시키는 대로 팔뚝을 기울여서 그녀가 대고 있는 비도쾌의 칼등에 피를 흘렸다.

"이 안에 피가 가득 채워지면 너의 영혼과 비도쾌의 영혼이 일맥상통하게 되는 거야. 그럼 너는 앞으로 비도쾌를 분신처럼 사용할 수 있을 거야."

자세한 뜻은 모르겠지만 쾌도비는 이제부터 비도쾌가 자신만의 소유가 된다는 뜻으로 받아들였다. 그것도 영혼으로 이어진다는 것이다.

"됐어."

주소옥이 팔뚝에서 비도쾌를 떼자 쾌도비는 그녀에게서
비도쾌를 건네받자마자 다른 손으로 그녀의 희고 가느다란
손목을 움켜잡았다.

척!

그녀가 의아한 표정을 지을 때 쾌도비는 그녀의 티 한 점
없는 팔뚝에 비도쾌의 칼끝을 대고 그녀가 반응을 보이기도
전에 슬쩍 그었다.

"아……."

그녀는 쾌도비가 왜 이러는 것인지 알아차리고 눈을 동그
랗게 뜨며 놀랐다.

어떤 감동 같은 것이 심장을 뭉클하게 만드는 바람에 아픔
은 조금도 느끼지 못했다.

그녀가 잠시 멍해 있다가 정신을 차렸을 때에는 그녀의 팔
뚝에서 흘러내린 피가 비도쾌의 칼등을 적시며 세 줄의 홈으
로 흘러들고 있었다. 그리고 쾌도비의 말이 그녀의 심금을 울
렸다.

"비도쾌는 우리 둘의 영혼과 일맥상통하게 합시다."

"너……."

그녀는 피가 흐르는 팔을 그에게 내맡긴 채 말끄러미 그를
바라보았다.

그녀는 비도쾌를 몹시 애지중지하지만 쾌도비에게 주는

것을 조금도 아까워하지 않는다. 그보다는 그의 이런 마음 씀씀이가 비도쾌보다 훨씬 소중했다.

그러더니 소르륵 그녀의 사슴처럼 커다란 두 눈에 눈물이 고여 들었다.

탁!

"나쁜 자식."

그녀는 냅다 발끝으로 쾌도비의 정강이를 걸어찼다.

쾌도비는 그녀가 왜 그러는지 몰라서 멀뚱히 서 있는데, 그녀는 돌아서서 눈물을 닦았다.

'감히 나를 울려.'

우우우…….

그때 쾌도비가 쥐고 있는 비도쾌가 이상한 소리를 내면서 가늘게 떨기 시작했다.

그와 주소옥이 긴장된 표정으로 쳐다보는 가운데 비도쾌 칼등 세 개의 좁은 홈에 가득 찼던 핏물이 점차 그 안쪽으로 스며들면서 사라지더니 곧 도신 전체가 핏빛으로 시뻘겋게 물들기 시작했다.

피가 도신을 적시는 것이 아니라 피는 안에서 흐르고 있는데 투명한 백옥을 통해서 그 안의 핏빛을 보는 것 같은 광경이었다.

비도쾌는 원래 푸르스름한 빛을 발했었는데 지금은 핏빛

과 어우러져서 기묘한 색을 발하고 있었다.

쾌도비는 물론이고 방금 전에 눈물을 흘리던 주소옥도 그 광경을 뚫어지게 주시했다.

"나는 비도쾌를 내게 준 사람에게서 이론만 들어서 알고 있었지 이런 광경은 처음 보는 거야."

주소옥이 홀린 듯한 표정으로 설명했다.

"비도쾌는 한 번 주인이 정해지면 그 사람이 죽을 때까지 운명을 함께한댔어."

그즈음 비도쾌의 변화가 끝나고 도신에 하나의 형상이 모습을 드러냈다.

그것은 놀랍게도 핏빛 용, 혈룡(血龍)의 형상이었다. 살아서 꿈틀거리는 것 같고 금방이라도 포효하면서 튀어나올 것만 같았다.

"혈룡이야……."

두 사람은 혈룡에게서 눈을 떼지 못하고 감탄했으며, 주소옥은 홀린 듯이 중얼거렸다.

"반대편을 봐."

그녀의 말에 도신을 뒤집었다가 쾌도비는 흠칫했다. 거기에는 또 다른 형상이 나타나 있었다.

그것은 놀랍게도 청룡(靑龍)이었다. 비도쾌 도신의 한쪽 면은 두 사람의 핏물이 어우러져서 혈룡을 만들었고, 다른 쪽

면은 원래 비도쾌의 푸르스름한 광채가 청룡을 만들어낸 것이다.

"가만있어 봐."

갑자기 주소옥이 비도쾌를 쥐고 있는 그의 팔을 두 손으로 꼭 붙잡고 도신에 눈을 바짝 갖다 대더니 무언가를 뚫어지게 주시했다.

"이것은 그냥 청룡의 형상이 아니라 글씨야. 작은 글씨들이 모여서 청룡 형상을 이룬 거야."

그러더니 그녀는 손으로 눈을 비비면서 도신에서 얼굴을 떼며 고개를 내저었다.

"아아… 글씨가 너무 작아서 보이지 않아."

그녀는 안타까운 표정으로 쾌도비가 들고 있는 비도쾌를 뚫어지게 주시했다.

그녀의 말을 듣고 행동을 보면서 쾌도비도 그녀 못지않게 흥분했다.

과연 비도쾌 도신에 나타난 청룡을 형성하고 있는 글씨가 무엇인지 궁금증이 증폭됐다.

"그래!"

눈을 깜빡이며 궁리하던 주소옥이 뭔가를 생각해 냈는지 손뼉을 쳤다.

"쾌도비, 비도쾌에 공력을 주입해 봐."

긴장한 쾌도비는 비도쾌를 움켜잡고 오른팔에 축적된 공력을 있는 힘껏 뿜어냈다.

후우우…….

그 순간 가슴이 터질 것 같은 실로 놀라운 광경이 눈앞에 펼쳐졌다.

허공을 향해 뻗은 비도쾌의 양쪽 도신에서 붉고 푸른 두 줄기 광채가 뿜어지면서 허공에 나란히 두 마리 용, 즉 혈룡과 청룡의 커다란 영상을 흩뿌려 놓았다.

도신의 용은 길이가 한 자 남짓이었지만 허공의 용은 십여 장에 달하는 어마어마한 크기였다.

게다가 바람 때문인지 두 마리 용이 꿈틀거려 마치 살아서 허공을 날아 승천하는 것만 같아서 두 사람은 넋을 잃고 바라보았다.

"그대로 있어."

쾌도비보다 먼저 정신을 차린 주소옥이 주의를 주고는 먼저 혈룡부터 뚫어지게 살펴보았다.

쾌도비도 정신을 수습하고 쳐다보자 허공에 크게 확대된 두 마리 용은 과연 수많은 글자가 서로 이어져서 만들어낸 형상이었다.

범정산 깊은 산속 계류 가에 괴괴한 적막이 흐르고 밤하늘에는 신비로운 두 마리 용이 꿈틀거리는데 두 사람은 두 마리

용을 형성하고 있는 글씨를 읽느라 여념이 없다.

얼마나 시간이 흘렀을까. 대략 반 시진 정도 꼼짝도 하지 않고 두 마리 용을 이루고 있는 글자를 차근차근 살펴보던 주소옥이 마침내 시선을 거두었다.

"이제 됐어."

스우우…….

그와 동시에 쾌도비가 공력을 거두자 허공의 두 마리 용은 씻은 듯이 사라졌다.

"추워……."

쾌도비가 공력을 모은 손바닥으로 마찰을 일으켜서 따뜻하게 해준 피부가 식으니까 주소옥은 오싹 몸을 떨면서 그의 품으로 파고들었다.

그는 왼팔로 그녀를 품 안으로 끌어안으며 약간 공력을 일으켜 그녀를 데워주었다.

"아까처럼 비도쾌를 바위에 던져 봐."

퍽!

쾌도비가 오른손을 안으로 굽혔다가 슬쩍 던지자 비도쾌는 아까 그 바위에 역시 자루만 남기고 꽂혔다.

"이제 손을 내밀고 비도쾌를 불러봐."

그는 주소옥이 시키는 대로 비도쾌를 향해 오른손을 내밀고 짧게 말했다.

“이리와라.”

팍!

순간 비도쾌가 바위에서 쑥 뽑히는가 싶더니 그를 향해 쏜 살같이 날아왔다.

회전을 하는 것도 아닌 상태에서 너무 빠른 속도로 날아와서 그는 가볍게 움찔했다.

그러나 그의 염려는 기우에 그쳤다. 비도쾌는 그가 내밀고 있는 손에 이르러서 갑자기 속도를 뚝 떨어뜨리더니 마치 정인의 손에 잡히는 여인의 수줍은 손처럼 살포시 손안에 들어왔다.

주소옥이 굵은 그의 팔 옆에 자신의 가느다란 팔을 나란히 내밀었다.

스륵…….

그러자 놀랍게도 비도쾌가 쾌도비의 손에서 그녀의 손으로 구렁이 담 넘어가듯이 옮겨졌다.

“바보. 이리오라고 마음속으로 말해도 되는 거야. 어때 신기하지?”

쾌도비는 비도쾌가 자신의 피를 흠뻑 머금어서 일맥상통하게 되었으며, 주소옥 역시 비도쾌의 주인이 되었다는 사실을 실감했다.

그런데 비도쾌는 조금 전에 한쪽 도신은 핏빛이었고 다른

쪽은 푸른빛이었는데 지금은 본래의 푸르스름한 빛으로 돌아가 있었다.

"졸려. 그만 자자."

주소옥이 그의 품속으로 더 파고들었다.

두 사람이 꺼져가는 모닥불로 돌아갈 때 주소옥은 귀엽게 하품을 하면서 일러주었다.

"아까 혈룡과 청룡의 글은 무공 초식을 나타내는 거야. 내가 나중에 틈틈이 풀이해 줄게."

동이 트기도 전에 쾌도비는 잠에서 깨어났다.

그는 풀 위에 옆으로 누워 있고, 주소옥은 그의 품속에서 속곳만 입은 알몸으로 잔뜩 웅크린 채 깊은 잠에 빠져 있는데 그 모습이 너무도 귀엽고 또 아름다웠다.

모닥불이 숯불만 남은 상태에서 꺼져 가고 있는 것을 보고 쾌도비는 그 옆에 수북이 쌓여 있는 나뭇가지를 향해 오른손을 뻗었다.

그러자 나뭇가지 두어 개가 마치 끈으로 연결된 것처럼 허공으로 둥실 떠올랐다가 쾌도비가 손끝으로 모닥불을 가리키자 나뭇가지는 둥둥 허공을 떠가서 모닥불 위에 살짝 놓여졌다.

무공의 최고 단계인 허공섭물의 수법이다. 하지만 쾌도비는 그런 것을 배운 적이 없다.

그저 자신의 의지에 따라서 오른팔의 공력을 발출하여 사용하는 것뿐이다.

그렇게 두 번을 더 해서 모닥불은 다시 활활 기세 좋게 타오르기 시작했다.

이어서 그는 조심스럽게 주소옥을 떼어내려고 했다. 그러나 그녀는 두 팔로 그의 허리를 꼭 안고 떨어지지 않으려고 바둥거렸다.

어떨 때는 매우 어른스럽고 또 존경심마저 불러일으키는 그녀지만 이럴 때는 영락없이 천진난만한 어린 소녀의 모습에 다름 아니다.

그는 어렵사리 그녀를 떼어내고 일어나 이미 다 마른 누비옷을 그녀에게 덮어주고 밖으로 나왔다.

그는 밤새 잠을 제대로 자지 못했다. 어젯밤에 비도쾌의 신비한 능력을 봤기 때문에 그것을 생각하느라 잠이 쉬이 올 리가 없다.

그는 계류 가의 크고 작은 바위들이 산재하 있는 곳으로 걸어가면서 품속에서 검은 철갑 안에 들어 있는 비도쾌를 뽑아서 오른손에 쥐었다.

이제부터 어젯밤에 주소옥이 가르쳐 준 비도쾌 던지는 수법을 연습해 볼 생각이다.

또한 자신과 비도쾌가 어느 정도 일맥상통하고 있는지도 시험해 보고 싶었다.

연습과 시험을 마친 쾌도비는 산속으로 들어가서 토끼 두 마리를 잡아서 돌아왔다.

그런데 어젯밤 두 사람이 밤을 보낸 움막 안에 주소옥이 보이지 않았다.

가슴이 덜컥 내려앉아 급히 주위를 둘러보았으나 용변을 보려고 근처에 간 것도 아니고 씻으려고 계류에 간 것도 아니다. 감쪽같이 사라져 버린 것이다.

그는 물고기보다는 뭔가 든든한 육식이 좋을 것 같아서 산짐승을 잡으러 산속에 들어갔었는데 그 시간이 반 시진이나 됐었다.

모닥불 옆에서 곤히 자고 있는 주소옥이 조금 염려가 되긴 했으나 별일이야 있으랴 싶었다. 그런데 이런 일이 벌어진 것이다.

어쩌면 그가 남겼을지도 모르는 흔적을 쫓아서 추격대가 여기까지 와서 그녀를 데려갔거나 죽여서 시체를 버렸을지도 모른다.

휘익!

생각이 거기에 미친 그는 토끼를 내던지고 정신없이 산 위로 솟구쳤다.

만약 그녀에게 무슨 일이 생겼다면 그는 죽을 때까지 평생 무거운 마음의 짐을 지고 살아야 할 것이다.

사람이란 어리석어서 태양이 사라져 봐야지만 태양의 소중함을 깨닫는다.

쾌도비도 어쩔 수 없는 인간이다. 그는 예전에 자신이 주소옥을 버렸으며 또한 몇 번인가 그녀를 버리려고 했던 기억 따윈 까맣게 망각했다.

그리고 그는 깨달았다. 그녀를 반드시 낙양에 데려다줘야 한다는 책임이나 사명감보다는, 그의 마음을 더욱 아프게 하는 것이 정(情)이라는 사실을.

그 동안 그 자신도 모르게 그녀와 끈끈한 정이 쌓이고 말았던 것이다.

이런 일이 벌어질까 봐 그는 사람들하고 깊이 사귀는 것을 원하지 않았었다.

그래서 자신이 그녀를 돌보는 것이 단지 비도쾌와 창룡도를 받았기 때문에 어쩔 수 없이 그 대가를 치르는 것뿐이라면서 자신을 채찍질했었는데, 어느새 그녀와의 사이에 정이 생겨 버린 것이다.

그것도 그냥 정이 아니다. 마치 그 옛날 누나에게 무슨 일이 생겼을 때처럼 그는 이성을 잃고 미친 듯이 산중을 헤매면서 그녀를 찾아다녔다.

소리를 질러서 그녀를 부를 수도 없다. 그저 전력으로 사방을 돌아다니면서 눈을 희번덕이며 그녀나 그녀를 해쳤을 자들을 찾는 방법뿐이다.

"쾌도비… 흑흑흑……."

그때 어디선가 바람을 타고 너무도 귀에 익은 주소옥의 목소리와 울음소리가 들렸다.

'공주!'

쾌도비는 소리가 들려오는 곳을 향해 전속력으로 쏘아갔다.

울창한 나무 사이로 허름한 누비옷을 입은 주소옥의 모습이 얼핏 보였다.

그녀의 모습을 발견한 순간 쾌도비는 말로는 표현할 수 없는 기쁨을 느꼈다. 죽은 누나가 다시 소생한다면 바로 이런 기쁨일 것이다.

주소옥이 사라지고 또 다시 발견한 이 짧은 시간에 그는 실로 많은 것을 뼈저리게 깨달았고 또 느꼈다.

"흑흑… 쾌도……."

더벅머리의 주소옥은 목적한 곳도 없이 비틀거리면서 산속을 걸으며 비 오듯이 눈물을 흘렸다.

“공주!”

그때 뒤쪽에서 귀에 익은 목소리가 들리자 그녀는 빙글 몸을 돌렸다.

그리고 자신을 향해 달려오고 있는 쾌도비를 발견하고는 휘청 쓰러질 듯 비틀거렸다.

“쾌도비……”

쾌도비는 바람처럼 달려와서 쓰러지려는 그녀를 가볍게 잡아 품에 안았다.

“공주.”

“쾌도비… 흑흑흑……”

주소옥은 두 팔로 그를 꼭 껴안으면서 조금 전보다 더 격렬하게 울음을 터뜨렸다.

그러나 아까는 공포에 질린 울음이고 이것은 기쁨에 가득 찬 울음이라는 것이 다르다.

“흑흑흑… 날 버리고 간 줄 알았어……”

주소옥은 눈물범벅인 얼굴을 쾌도비의 뺨에 비비면서 울부짖었다.

“그럴 리가 있소. 내 목숨이 끊어지는 순간까지 절대 공주를 버리지 않겠소.”

“쾌도비… 고마워……. 날 버리지 않아서 고마워……”

길을 잃고 헤매는 이 가녀린 어린 새를 어찌 버리겠는가.

쾌도비는 그녀를 자신의 몸속에 우겨넣을 듯이 힘껏 끌어안으면서 이제부터는 절대 그녀를 자신에게서 떼어놓지 않으리라 맹세했다.

*　　　*　　　*

척!

구양웅과 두 명의 사제, 그리고 십여 명의 왕궁무사가 어젯밤에 쾌도비와 주소옥이 묵었던 장소에 도착했다.

쾌도비와 주소옥은 구양웅이 홍강의 왼쪽 상류를 따라서 귀양성 방면으로 갈 것이라고 예상했으나 두 사람이 생각한 것보다 구양웅은 총명했다.

"사형, 모닥불의 열기가 아직 남아 있습니다."

이 사제 황포영(黃泡影)이 모닥불을 살피고 와서 보고했다.

"공주님과 그 청년이 이곳에서 묵으며 우리를 기다렸던 것이 분명합니다."

삼 사제 능성도(凌成道)가 확신에 찬 목소리로 자신의 의견을 말했다.

구양성은 고개를 끄덕이고 나서 명령했다.

"주위에 흔적을 찾아보자."

                    *   *   *

　쾌도비와 주소옥은 북쪽으로 가고 있는 중이다.

　낙양으로 가는 방법이 반드시 호남성의 동정호를 거쳐야
만 하는 것은 아니다.

　쾌도비가 무극사신을 만나서 제압하려는 것을 포기하면
낙양으로 갈 수 있는 방법은 여러 가지다.

　그는 일단 주소옥을 낙양 천절문에 데려다주고 나서 홀가
분하게 혼자 팔신궁에 찾아가서 무극사신을 상대해야겠다고
생각했다.

　다시 해가 질 무렵이 되었을 때 쾌도비와 주소옥은 어젯밤
을 보냈던 홍강 상류에서 북쪽으로 백오십여 리 떨어진 범정
산 북단(北端)에 이르렀다.

　주소옥은 구양웅을 만나는 것을 고집하지 않았다. 그가 쉽
사리 홍강 오른쪽 갈래 최상류로 찾아올 것이라는 보장도 없
으며, 설혹 그를 만난다고 해도 쾌도비보다 든든하지 않을 것
이라고 생각한 것이다.

　쾌도비는 이제 추격대의 추적은 완전히 떨쳐 버렸다고 생
각했다.

　하지만 마음을 놓지는 않았다. 세상일이란 언제 무슨 일이

생길는지 모르는 것이다.

"나 볼일 볼 거야."

산속의 가파른 언덕을 나는 듯이 달리고 있는 쾌도비에게 업힌 주소옥이 그의 귀에 입을 대고 소곤거렸다.

인간인 이상 무언가 먹었으면 배설을 하게 마련이다. 배설을 하지 않는 것은 괴물이다. 사람이란 좋은 것만 볼 수 없다. 좋은 것과 나쁜 것. 그리고 지저분한 것이 두루 합쳐진 것이 바로 사람이다.

"대변이야."

주소옥은 조금 부끄러워하며 더 작게 속삭였다.

쾌도비는 멈춰서 주위를 둘러보다가 키 작은 나무들이 울타리처럼 쳐 있는 곳 안쪽에 창룡도를 뽑아 구덩이를 파주고 그곳에 그녀를 내려주었다.

그녀는 구덩이 위에 다리를 벌리고 걸터앉아 얼른 바지를 내리고는 왼손을 쾌도비 쪽으로 뻗었다.

쾌도비는 키 작은 나무 울타리 바깥에 우뚝 서서 손을 뻗어 그녀의 손을 잡아주었다.

여기까지 오는 동안 그녀는 소변을 몇 차례 보았고 그때마다 이런 식으로 손을 잡아주곤 했었다.

오늘 아침에 한 차례 소동을 벌이고 나서 그녀에게 생긴 새로운 습관이었다.

다시는 절대로 쾌도비를 잃지 않겠다는 그녀 나름의 각오
인 것이다.

"냄새 나?"

먼 곳을 응시하고 있는 쾌도비에게 주소옥이 기어드는 목
소리로 물었다.

"조금."

"그럼 손 놓을 테니까 저만치 가 있어."

그녀로서는 큰 결단을 내렸다.

"구수해서 괜찮소."

"망측해."

쾌도비의 능구렁이 같은 대답에 주소옥은 목덜미까지 빨
개졌지만 그의 손을 잡은 손에 힘을 꼭 주었다. 똥이 두 사람
을 조금 더 굳건하게 맺어주었다.

쾌도비는 거짓말을 하지 않았다. 인간의 똥이란 정말 못 참
을 정도로 구리게 마련인데 어찌 된 일인지 주소옥의 것은 구
수했다.

'나도 참……'

그게 왜 그런지 아는 쾌도비는 실소를 머금었다.

그는 잠시 그녀의 손을 놓고 월경포 하나를 꺼내 작게 잘라
서 그녀에게 내밀었다.

"다 됐다."

그녀의 말에 그가 쳐다보자 그녀는 일어나서 하얀 둔부를 깐 채 바지를 올리고 있었다. 그리고는 그녀는 냉큼 그의 등에 업혔다.

"가자."

쾌도비는 그녀가 볼일을 본 구덩이를 흙과 풀로 잘 메우고 즉시 그 자리를 떠났다.

다른 여자였다면 아무리 위험한 상황이라고 해도 남자가 보고 있으면 절대로 대변은커녕 소변조차 보지 못할 것이다.

그러나 주소옥은 다르다. 그녀는 용변을 볼 때 항상 시녀들이 곁에서 시중을 들었다.

쾌도비가 옆에 있는 것은 단지 시녀 대신일 뿐이다. 뿐만 아니라 그녀는 이제 쾌도비 앞에서는 부끄러운 일이 없다. 두 사람은 일심동체인 것이다.

날이 완전히 어둡기 전에 쾌도비는 아주 근사한 장소를 찾아냈다.

바닥이 내려다보이지 않을 정도로 깊은 깎아지른 낭떠러지의 십여 장쯤 아래에 하나의 동굴이 있는 것을 우연히 발견했다.

낭떠러지 위에서 사방을 둘러보다가 멀리서 날아온 한 마리 매가 동굴로 향하는 것을 보고 자세히 살펴보다가 동굴을 발견한 것이다.

저곳이라면 추격대가 뒤쫓고 있다고 해도 귀신이 아닌 이상 찾아내지 못할 것이다.

그는 산속에 지천으로 뛰어다니고 있는 산짐승 중에 작은 노루 새끼 한 마리를 잡아서 능숙한 솜씨로 해체를 하고, 또 마른 나뭇가지를 수북하게 준비했으며, 마른풀도 잔뜩 가져다놓은 후에 서너 번 동굴을 왕복하면서 날랐다.

주소옥이 그에게서 떨어지지 않으려 하기 때문에 그녀를 업은 채 모든 것을 다 준비했으며, 그 상태로 비도쾌를 꺼내 암벽을 찍으면서 동굴까지 오르내렸다.

동굴 안쪽에는 매의 암컷과 이제 막 부화한 듯한 새끼 두 마리가 있다가 안으로 기어들고 있는 두 사람을 발견하고는 푸닥거리면서 난리를 피웠다.

"죽이지 마."

주소옥이 그렇게 말하지 않더라도 쾌도비는 매들을 죽일 생각이 없었다.

그는 주소옥을 업은 채 매 새끼 두 마리를 손에 쥐고 다시 낭떠러지 위로 올라가 적당한 곳을 찾아서 내려놓았다.

그렇게 해두면 매 암컷이 새끼 있는 곳으로 가겠고, 먹이를 잡으러 나간 수컷도 동굴로 오지는 않을 것이다.

동굴은 작았지만 아담했다. 안쪽으로 깊이가 일 장 반 남짓이고, 폭은 일 장, 높이는 넉 자 정도라서 무릎을 꿇고 기어들어가야 하지만, 깊은 산중에서 이 정도면 하룻밤 보내는 것은 호사라고 할 수 있다.

동굴 안쪽 아늑한 곳에 마른풀을 수북하게 깔고 주소옥을 내려놓았다.

그리고 동굴 중간쯤에 모닥불을 피웠다. 쾌도비는 이런 경험이 여러 차례 있었기 때문에 동굴 중간에 불을 피우면 연기가 밖으로 잘 빠져나간다는 사실을 알고 있다.

동굴 중간이라고 해봐야 길이 일 장 반의 동굴에서는 거기가 거기다.

그가 동굴 안쪽에서 불을 피우고 또 밖에서 해체해서 갖고 들어온 노루 넓적다리를 불에 굽고 있는 바로 뒤에 주소옥이 책상다리를 하고 앉아 있었다.

주소옥은 무릎을 꿇고 앉은 채 열심히 고기를 굽고 있는 쾌도비의 옆얼굴을 빤히 바라보다가 갑자기 손을 뻗어서 그의 궁둥이를 툭툭 두드렸다.

"정말 못하는 게 없구나, 쾌도비. 정말 대견해."

마치 엄마가 어린 아들이 기특하다고 궁둥이를 두드려주는 식이다.

쾌도비는 하도 어이가 없어서 하던 일을 멈추고 그녀를 돌아보았다.

주소옥은 방글방글 미소 지었다.

"좋아? 한 번 더 해줄까?"

"어… 허허허허!"

기가 막혀서 그는 영감처럼 너털웃음을 터뜨렸다.

툭툭툭…….

주소옥은 다시 그의 궁둥이를 두드렸다.

"좋아할 줄 알았어."

"내가 무슨 일로 낙양 천절문에 가는지 궁금하지 않아?"

두 사람이 배부르게 잘 익은 노루 고기를 먹고 나서 마른풀 위에 서로 마주보고 누운 후에 주소옥이 그의 가슴을 만지작거리면서 입을 열었다.

"궁금하지 않소."

주소옥에게 팔베개로 한쪽 팔을 내주고 다른 손으로는 그녀의 등을 안고 있는 쾌도비는 눈을 감은 채 대꾸했다.

그는 정말 궁금하지 않았다. 다만 어떻게 하면 그녀를 무사히 천절문까지 데려다주느냐가 그의 최대 관심사였다.

그녀는 쾌도비가 시큰둥한 반응을 보이자 더 이상 거기에 대해서는 말하지 않았다. 그 대신 화제를 바꾸었다.

"나는 내 것이었던 비도쾌를 너한테 주었잖아."

"고맙게 생각하고 있소."

"그런데 너는 어째서 너의 비밀스러운 무기에 대해서는 말해주지 않는 거지?"

"비밀스런 무기라니 무슨……."

"내가 어젯밤부터 유심히 살펴봤으니까 거짓말할 생각은 꿈도 꾸지 마."

"그런 것 없소."

주소옥은 손을 아래로 뻗었다.

"그럼 이건 뭐야."

"윽……."

그리고는 쾌도비의 비밀스런 무기를 꼭 움켜잡았고 쾌도비는 눈을 번쩍 뜨며 신음을 흘렸다.

"이건 비도쾌보다 더 신기한 무기가 분명해. 어떻게 커졌다가 사라지곤 하는지 놀라운 일이야."

"공주……."

"내가 비도쾌 너에게 주었으니까 이건 나 줘."

"그걸 떼어 주면 난 죽소."

주소옥은 눈을 동그랗게 떴다.

"떼어? 죽어?"

"음……."

쾌도비는 자신의 비밀스러운 무기에 대해서 설명을 하지

않을 수가 없었다.

"아……."

설명을 다 듣고 난 주소옥은 충분히 이해했다. 하지만 이해할 수 없는 것이 하나 남았다.

"그런데 어째서 커졌다가 사라졌다 하는 거지?"

하지만 쾌도비는 거기에 대해서는 대답을 할 수가 없었다. 그게 공주 당신 때문이라고 어떻게 말할 수 있겠는가.

*   *   *

이른 아침. 범정산 북단의 동쪽에서 부윰한 여명이 터오고 있었다.

"이젠 방법이 없습니다, 대사형."

어느 높은 봉우리 위 널찍한 곳에 일단의 무리가 모여 있다. 구양웅과 일행인데 이 사제 황포영이 난감한 얼굴로 구양웅에게 말했다.

"공주님의 흔적이 끊어졌는데 어디에서 찾는다는 말입니까? 이젠 큰 소리로 불러서 우리의 존재를 알리는 방법밖에는 없습니다."

삼 사제 능성도도 황포영을 도왔다.

사실 막바지에 몰린 구양웅으로서도 그 방법밖에는 없다

고 생각하고 있었다.

그는 주위를 한 차례 둘러보고 나서 봉우리 끝으로 걸어가 멈추고 두 손을 둥글게 모아 입에 갖다 댔다. 이어서 심호흡을 한 차례 하고는 힘껏 외쳤다.

"공주님—! 어디에 계십니까—!"

"후후… 이제 됐다."

멀지 않은 곳에서 구양웅 일행을 주시하고 있는 무극사령은 입가에 회심의 미소를 지었다.

『무정도』 3권에 계속…

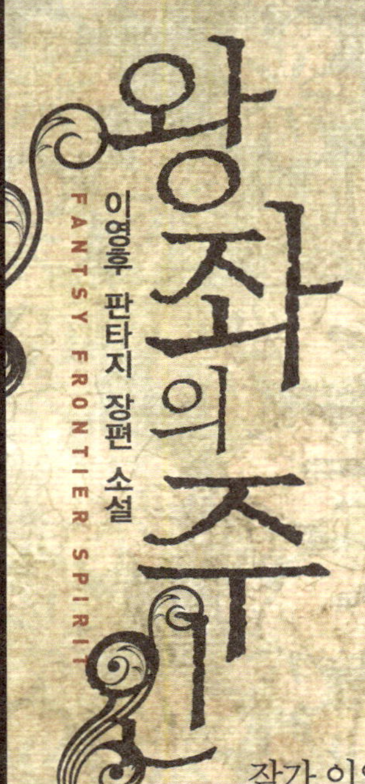

작가 이영후가 선보이는 야심작!
가슴을 떨어 울리는 판타지가 찾아온다!

『왕좌의 주인』

세계를 몰락 위기로 몰았던 이계의 절대자들
그들의 유적이 힘을 원한 자들을 불러들이고…
그 힘을 취한 어둠은 암암리에 세계를 감쌀 뿐이었다.

"세계를 구원할 것은 너뿐이구나."

어둠을 걱정한 네 영웅은 하나의 희망을 키워낸다.
이계 최강의 절대자 티엔마르.
그리고 이 모두의 힘을 이어받은 새로운 존재…
은빛의 절대자 레오!